Die Handlung und die Personen in diesem Buch sind frei erfunden. Jede Ähnlichkeit mit tatsächlich lebenden, realen Personen ist zufällig.

Thorsten F. Wallner

Die Spitze

DAS ERSTE BUCH DER SILIZIUM-REIHE

Science-Fiction

Bibliografische Information der Deutschen Nationalbibliothek: Die Deutsche Nationalbibliothek verzeichnet diese Publikation in der Deutschen Nationalbibliografie; detaillierte bibliografische Daten sind im Internet über http://dnb.dnb.de abrufbar.

© 2021 Thorsten F. Wallner

Herstellung und Verlag: BoD – Books on Demand, Norderstedt

ISBN: 978-3-7543-9833-3

EINS

Sylvester Pinkerton betritt das Gelände seiner Schule. Heute ist der erste Schultag des neuen Jahres.

Die Sonne brennt heiß am Himmel. Schon jetzt, um neun Uhr früh. Leichte Böen machen die Hitze erträglich. Der Geruch nach frisch gemähtem Gras weht aus der Parkanlage herüber.

Sylvester folgt einem zentralen Weg und blickt dem weißen Betonpalast entgegen, in dem sich jetzt wieder fast sein gesamtes Leben abspielen wird. Über der Tür prangen groß Uhrzeit und Datum. Die ganze Fassade scheint von einer Art Display überzogen zu sein - sie wirkt organisch. Als würde ein undefinierbares Etwas atmen, bewegen sich kleine Formen durcheinander, verschwinden und tauchen an anderer Stelle wieder auf. Erst bei genauerer Betrachtung wird erkennbar, dass es digitale Berechnungen auf Milliarden Pixeln sind. Trotzdem irgendwie echt, findet Sylvester.

Die Eliteschule, die er besucht, ist die beste in ganz Pangea, dem letzten bewohnbaren Stück Erde. Sie ist vernetzt, modern und in nichts zu übertreffen.

Er wendet seinen Blick wieder nach vorne und zieht ein letztes Mal seine Uniform zurecht. Ein graues Jackett mit Stehkragen und eine Stoffhose in derselben Farbe bilden die Schuluniform. Über beide Kleidungsstücke ziehen sich zwei etwa fingerbreite Streifen, die den Nähten auf der linken Schulter entspringen und senkrecht nach unten verlaufen. In jeder Klassenstufe haben die Streifen eine andere Farbe. So beginnt man mit Rot im ersten Jahr und verlässt die Schule mit Weiß. Pinkertons Uniform trägt weiße Streifen.

Durch die große Fensterfront sieht er Dutzende von Schülern. Viele tragen die beliebte Uniform, einige aber auch normale Anzüge.

Mit seinem Tablet unter dem Arm betritt er die riesige Aula. Massive graue Säulen stützen die mindestens sechs Meter hohe Decke. Von ihr hängen Kunstwerke und LEDs herab. Im hinteren Teil des Raumes beginnen links und rechts Gänge, die zu den Klassenzimmern führen.

Die Aula ist voller als Sylvester sie je gesehen hat. Überall wird gedrückt und geschoben. Auf der Empore an einer Seite der Aula lehnen einige

Schüler und sehen dem regen Treiben unter ihnen gelangweilt zu.

Sylvester lehnt sich gegen einer der Säulen. Er denkt darüber nach, was ihn dieses Jahr wohl erwarten wird. Vielleicht wieder einer der Mathematik- oder Physikwettbewerbe, bei denen er bisher sehr gut abgeschnitten hat? Besonders hofft er allerdings auf ein Konzert. Die letzten Jahre war das Musikfestival immer ein Höhepunkt. Niemand wusste vorher welche Band auftritt, nicht einmal die Lehrer.

Gerade als er dabei ist, sich das alljährliche Schulfest vorzustellen, entdeckt er zwei ihm sehr vertraute Mädchen. Es sind Aurora und Cindy. Er reißt seinen Arm in die Höhe, um auf sich aufmerksam zu machen. Aurora und ihre Freundin kämpfen sich durch die Menge bis zu ihm durch. Die drei Schüler begrüßen sich nach den langen Ferien fröhlich. Sie erzählen wild durcheinander, was sie in den letzten Wochen so gemacht haben.

Die Stimmen und Geräusche werden für Sylvester jedoch immer leiser und leiser - seine gesamte Aufmerksamkeit gilt in diesem Moment nur einer einzigen Person: Aurora, dem schönsten Mädchen der Klasse. Ihr Gesicht ist so schön wie tausend Rosen. Ihre Lippen sind so rot wie die wertvollsten Rubine. Ihr welliges rotbraunes Haar ist so fein wie Millionen seidener Fäden. Was Sylvester jedoch am meisten an ihr beeindruckt, ist nicht ihr athletischer Körper, sondern die Farbe ihrer Augen. Etwas dergleichen hat er bei noch niemandem sonst gesehen. Ihre Iris sind weiß und setzen sich kaum vom restlichen Weiß der Augäpfel ab. Nur ein dünner Rand aus blutroten Adern macht sie deutlich. Was die anderen Jungs abschreckt, zieht Sylvester an. Er hat bemerkt, dass dieser rote Rand ein bisschen deutlicher wird, wenn sie aufgeregt oder nervös ist. Ausgerechnet dieses beeindruckende Mädchen hat ein Auge auf ihn geworfen.

Er hingegen kann seine Gefühle nicht offen zeigen. Wird er gefragt, so erzählt er immer, es hätte etwas mit seinen Eltern zu tun. Geöffnet hat er sich darüber bisher noch niemandem. Seine Mitschüler sehen ihn als Sherlock Holmes. Er schreibt ausnahmslos gute Noten, findet aus jeder Situation einen Ausweg, bemerkt sofort neue Beziehungen zwischen anderen. Die Geschwindigkeit, mit der er Zusammenhänge erkennen und einen Nutzen daraus ziehen kann, ist beeindruckend. Gegen seine Rhetorik kommen selbst Lehrer selten an. Die meisten seiner Mitschüler finden das unnötig arrogant. Er selbst meint nur, dass man stets einen kühlen Kopf bewahren sollte.

Ins Gespräch vertieft begeben sich die drei zu ihrem Klassenzimmer. Selbst die Gänge und Räume besitzen eine perfekte Kombination aus organischen und architektonischen Akzenten. Die hölzernen Sitzmöbel und Tische - die sicher von einem teuren Designer stammen - verwandeln das sonst klinische Weiß in eine Umgebung, in der man sich wohlfühlen kann und gerne lernt. Überall finden sich Displays und zeigen die verschiedensten Informationen: Die Uhrzeit, die Zimmeraufteilung der Klassen, den Stundenplan oder Kurs.

Die Klassenleiterin kommt pünktlich um neun Uhr ins Klassenzimmer und setzt sich lässig auf den Stuhl hinter dem Pult. Es ist die Lehrerin, die sie letztes Jahr in dem Fach *Rechtswesen* hatten und eigentlich befürchteten, nie wieder zu sehen. Sylvester kann sie gut leiden, obwohl er sich an ihrer Schlagfertigkeit und Wortgewandtheit die Zähne ausbiss.

Stunde um Stunde vergeht, langsamer als jeder andere Tag im Jahr. Ein Punkt der Tagesordnung nach dem anderen wird abgearbeitet - als hätten sie die ganzen Formalitäten nicht schon mindestens tausend Mal gehört. Einwände werden vorgebracht, nur um direkt wieder zurückgeworfen zu werden.

Ein lautes Klopfen an der Tür holt einige aus ihren Tagträumen zurück in die Realität. Der Schulleiter betritt das Zimmer und kündigt die alljährliche Biometrie-Sicherheitsbestätigung an. Er bittet die Klasse, sich draußen auf dem Gang zu versammeln und ihm zu folgen. Aurora geht hinter Sylvester. Mit den Schülern im Schlepptau begibt sich der Rektor in die Aula.

Die Schlange kommt vor einigen Tischen zum Stehen, die an diesem Morgen noch nicht hier standen. Auf dem mittleren ist ein Gerät aufgebaut, das aus zwei schwarzen Platten auf der Tischfläche und mehreren Kameras sowie einem Spiegel auf Augenhöhe besteht.

Sylvester greift mit seiner Hand in die Innentasche seines Jacketts und zieht einen dünnen Handschuh hervor. Aurora bemerkt das und wundert sich, fragt aber nicht.

Aurora hat das von ihren Eltern übernommen. Ihre Mutter und ihr Vater sind ständig unterwegs und meistens nur an den Wochenenden wirklich zuhause. Aurora hat keine erstklassige Erziehung genossen, auch wenn sich die Frau, die sie während der Abwesenheit ihrer Eltern und Großeltern erzogen hat, das gerne einredet. Alles was sie von dieser *Haushälterin* gelernt hat, sind Regeln, sonst nichts. Wenn ihre viel beschäftigten Eltern Aurora jedoch eines beigebracht haben, dann dass man immer erstmal abwarten und beobachten sollte, bevor man Schlüsse zieht oder den anderen konfrontiert.

Sylvester nimmt den Handschuh und zieht ihn über seine linke Hand. Er massiert seine Handfläche und seine Finger bis zu den Kuppen. Anschließend zieht er ihn aus und wiederholt das Ganze mit seiner rechten Hand.

Als er den Handschuh wieder in seiner Tasche verschwinden lässt, fragt Aurora ihn über seine Schulter, was er gerade getan hat. Statt einer

Antwort bekommt sie jedoch nur einen ratlosen Gesichtsausdruck von ihm. Etwas, dass sie bei ihm noch nie gesehen hat. Wie kann es sein, dass er für etwas derart Seltsames keine schlagfertige Ausrede parat hat?

»Hey, Pinkerton! Du bist dran.« Der Schüler vor ihm reicht Sylvester ein Tablet. Darauf muss er seinen Namen und seine Zugangsdaten eingeben.

Diese Maßnahme zur Identifikation der Anwesenden ist mittlerweile eine bekannte Prozedur für die Abschlussklasse und geht daher ziemlich zügig. Die Schüler müssen sich mit ihren Händen flach auf den schwarzen Platten abstützen und in den Spiegel blicken. Währenddessen werden von den verschiedenen Kameras und Sensoren hinter dem Spiegel mathematische Gleichungen von ihrem Gesicht erstellt. Diese werden zusammen mit den Abdrücken der Hände mit einer Zentraldatenbank verglichen. Was passiert, wenn die Daten nicht übereinstimmen, hat bisher noch niemand erlebt.

Sylvester ist an der Reihe. Die Prozedur dauert nur wenige Sekunden. Der Nächste wird aufgerufen. Sylvester geht zu den Toiletten. Jedoch nicht um sich zu erleichtern. Er schubst die Tür auf und wäscht sich gründlich die Hände. So gründlich, als wolle er etwas Klebriges, Unsichtbares von seinen Handflächen schrubben. Als sich kleine Fetzen lösen, die aussehen wie Haut, spült er diese unter dem Wasserhahn ab und greift nach einem Papierhandtuch.

Als Sylvester die Aula wieder betritt, sind die anderen bereits fertig und schon auf dem Rückweg zum Klassenzimmer. Dort sprechen die frisch gewählten Klassensprecher noch ein paar unwichtige Themen an.

Endlich, der Gong ertönt und beendet den ersten Schultag. Alle Schüler stürmen gleichzeitig aus dem Gebäudekomplex. In der Hoffnung, nach Hause zu kommen, bevor das Verkehrschaos losbricht. Sylvester hat keine Eile. Er lässt sich Zeit und geht mit Aurora zusammen gemütlich Richtung Parkplatz.

»Du wirst immer von einem schwarzen Oldtimer abgeholt, oder?«, fragt Aurora unsicher.

»Hast du mir letztes Jahr nachspioniert?« Natürlich ist Sylvester nicht wirklich aufgebracht, sondern möchte sie nur ein bisschen necken.

»Ich… also…«, stottert Aurora.

»Dir ist es einfach aufgefallen. Alles gut«, beruhigt er sie. Er überlegt, weshalb sie bei dieser Frage sofort nervös geworden ist. »Aber du hast Recht. Ich wohne etwas außerhalb, deswegen kommt keine Buslinie zu mir.«

»Wieso wohnst du nicht in der Stadt? Immerhin ist hier alles total modern und es gibt unbegrenztes Internet.«

»Meine Eltern wollten mich zwar auf der besten Schule sehen, sie fanden es jedoch zu unsicher, mich allein in der Stadt wohnen zu lassen. Deshalb haben sie ein eigenes Anwesen für mich an der Stadtgrenze gebaut.«

Aurora ist begeistert, die anderen Jungs langweilen sie nur. Sie möchte ihn am liebsten mit noch viel mehr Fragen löchern. Was mit seinen Eltern denn sei?

Die Frage ist ihm unangenehm, er lässt sich jedoch nichts anmerken. »Ich wohne allein.«

Seine Klassenkameradin möchte schon die nächste Frage stellen, da unterbricht er sie und verabschiedet sich. Auf dem Parkplatz wartet bereits sein Chauffeur mit dem Wagen. Genauso wie jedes andere Auto fährt es mit einer Wasserstoff-Brennzelle und trägt vorne und hinten die verchromten Buchstaben *Corevisk*.

Sylvester setzt sich auf die Rückbank und macht etwas Musik an. Er lehnt sich entspannt zurück und überlegt, was es heut wohl zum Mittagessen geben wird. Er hofft, etwas mit Nudeln oder Fleisch. Zum Nachtisch würde ihm ein Zitronenpudding gefallen. Doch er weiß, dass seine Haushälterin seine Gedanken nicht lesen kann. Jedenfalls hofft er das.

Sie fahren durch eine Landschaft aus modernen Betonbauten mit symmetrischen Parks und Geschäften mit Nahrungsmittel- und Medizinautomaten. Währenddessen denkt Sylvester über seine

Eltern nach und warum sie so viel Macht haben wollen. Ob er sie wohl mal wieder anrufen sollte? Vielleicht sollte er sie auf ein Essen einladen. Schließlich ist die Familie nur zu Weihnachten und seinem Geburtstag zusammengekommen, seit er weggezogen ist. Manchmal malt er sich aus, wie es wäre, normale Eltern zu haben, die einen normalen Job haben und am Abend nach Hause kommen. Es ist keinesfalls normal, eine riesige Firma zu leiten und so viel Geld zu haben, dass kein Scheck der Welt für die Anzahl der Nullen ausreichen würde.

Er döst vor sich hin und bemerkt gar nicht, dass der Wagen schon auf dem Hof seiner Villa angekommen ist. James weckt ihn auf. Er begibt sich zur Haustür und wird auf dem Weg dorthin bereits vom Sicherheitssystem erkannt. Die Tür lässt sich ohne Probleme öffnen. Diese Technik ist schon komfortabel, aber seiner Meinung nach haben seine Eltern es mit Sicherheitspersonal rund um die Uhr definitiv übertrieben. Aber sie mögen ihre Gründe haben.

Nachdem er seine Schuhe und sein Jackett ausgezogen hat, begibt er sich ins Ess- und Wohnzimmer. Eine Seite des Raumes besteht einzig und allein aus Glas. Das längliche Haus liegt so, dass die längere Seite Richtung Stadt zeigt. Entlang dieser Seite verläuft eine ununterbrochene Glasfront, die sich an einigen Stellen öffnen lässt.

»Das riecht aber lecker! Was gibt's denn heute?«, fragt er gespannt.

Sein Platz an dem großen Holztisch ist bereits gedeckt. Sylvester setzt sich und blickt auf den Tisch. Vor ihm steht ein gläserner Teller und daneben ein Weinglas mit Traubensaft, der aus der Weinflasche in der Mitte des Tisches stammt. Seine Haushälterin lädt ihm eine Portion auf seinen Teller - tatsächlich Nudeln mit Fleischsoße. Er bedankt sich für das Essen und genießt es.

An dem Ausblick über die Wiesen und die Stadt kann er sich nicht sattsehen. Er liebt den Unterschied zwischen Natur und den modernen Beton- und Glasbauten. Die Kinder heutzutage wachsen in gepflegten Parks auf und kennen eigentlich gar keine natürliche Natur mehr. Da es außerhalb der Städte kein Internet gibt, kommen die selbstfahrenden Autos nur bis zu den Stadtgrenzen. Und obwohl es mittlerweile möglich ist, jede Krankheit zu heilen, trauen sich die Eltern nicht mit ihren Kindern in die Natur. Alles ein Plan, um die Einwohner unter Kontrolle zu halten. Eigentlich gibt es zwar eine Regierung, die aus gewählten Volksvertretern besteht, jedoch ist sich Sylvester sicher, dass jeder Volksvertreter von Corevisk gekauft wurde. Corevisk bringt einen Gesetzesentwurf hervor und die Regierung ist nur noch dafür zuständig, diesen umzusetzen. Vor dieser Firma gibt es in der heutigen Welt so gut wie kein Entkommen, sie hat keinerlei Beschränkungen. Niemand stört sich daran, weil es die Gründer von Corevisk waren, die die

Menschheit vor ungeheuren Gefahren aus den unbewohnbaren Gebieten beschützt und einen Schutzwall gebaut haben. Innerhalb dieses Walls liegen bloß ein paar große Städte. Das Habitat ist von Wald umgeben, von dem niemand genau weiß, welche Kreaturen dort zu Hause sind. Schon den Kindern wird so früh wie möglich beigebracht, den Wald zu meiden. Sie lernen ebenfalls schon früh, dass Corevisk die Menschheit vor dem Aussterben gerettet hat.

Die große Fensterscheibe kann auch als Display benutzt werden. Später am Abend liegt Sylvester auf der Couch und sieht sich eine Show von Corevisk an. Während der Präsentation wird eine neue Technik vorgestellt: Die HyperBrain Gehirnimplantate. Sie werden in einen bestimmten Teil des Gehirns implantiert und können angeblich über ganz leichte, elektrische Impulse den Alltag der Menschen erleichtern. Wie Sylvester weiß, experimentiert die Firma aber gerne.

Kurz nachdem die Livesendung beendet wurde, ruft Aurora an und auf der gigantischen Glasfront von Sylvesters Wohnzimmer erscheint ein Bild von ihr. Er steht von der Couch auf, stellt sich vor die Scheibe und nimmt den Anruf entgegen. Das Video von Aurora wird so dargestellt, als würde sie lebensgroß vor ihm stehen.

»Hallo, Aurora.«

»Hi, Sylvester. Du hast doch sicher auch gerade die Show von Corevisk gesehen, oder? … Warum stehst du so mitten im Raum?«, fragt Aurora.

»Ja, das habe ich. Und ich stehe hier, weil ich das neue Vision-Glass eingebaut habe«, erzählt Sylvester prahlend. »Es ist sogar stabiler als normales Glas, sieht aber trotzdem genauso aus.«

»Ah, schön. Aber ich rufe an, weil ich deine Meinung zu den Implantaten hören möchte.«

»Ich denke, dass diese Technik noch nicht ausgereift ist und die noch experimentieren wollen«, meint Sylvester abfällig.

»Also soll ich mir lieber keins einsetzen lassen?«, schlussfolgert Aurora aus seiner Antwort.

Sylvester antwortet mit Nachdruck: »Nein, auf keinen Fall! Wir werden uns, solange es geht, davor drücken, okay? Lieber ohne Implantat als ohne Kopf. Man weiß ja nie.«

Aurora nickt verunsichert: »Wenn du meinst, dann warte ich noch.«

Bevor Sylvester schlafen geht, liest er sich auf einem Tablet einige Akten von Corevisk über zukünftige Projekte durch. Er nutzt einen alten Zugang zu einem schlecht gesicherten Server. Dort liegen zwar nicht alle Dateien - vor allem nicht die wichtigen - aber er findet es von Zeit zu Zeit sehr interessant, ein bisschen zu stöbern. Dabei stößt er auf ein Projekt, bei dem ein Netzwerk aus Algorithmen die Forschung vorantreiben soll. Es soll anscheinend auch mit HyperBrain kompatibel sein. Das Projekt wurde entweder fallengelassen oder hochgestuft, denn der letzte Eintrag ist schon einige Zeit her. Sylvester legt sich hin und denkt nicht weiter darüber nach.

ZWEI

Mittlerweile hat Sylvester das halbe Schuljahr bereits hinter sich und Aurora immer mal wieder zu sich eingeladen.

»Wow! Das ist ein neues Auto, oder?«, fragt Aurora beeindruckt. Vor ihr steht ein dunkelgrüner Aston Martin. Ein Auto, das keinem gleicht, das sie je gesehen hat. Viel sportlicher als die Fahrzeuge, die hier sonst so herumfahren.

Er antwortet gelassen und prahlt: »Ja, den habe ich ein Jahr lang restaurieren lassen. Und musste ihn auf Wasserstoff umrüsten. Endlich ist er fertig!« Wie es sich gehört, öffnet Sylvester ihr die Tür und bittet sie einzusteigen.

Als sie beide hinten auf der Rückbank sitzen, sagt Sylvester zu seinem Chauffeur: »Nach Hause bitte.«

Aurora ist beeindruckt davon, dass Sylvester eigenes Personal hat.

Der Fahrer des Wagens startet den Motor und setzt damit den dunkelgrünen Aston Martin in Bewegung.

Kurz nachdem sie losgefahren sind, fragt Aurora: »Warum hast du außer mir noch nie jemanden zu dir eingeladen? Nicht letztes Schuljahr und auch nicht dieses.«

Sylvester muss einige Zeit über diese Frage nachdenken, denn er weiß selbst nicht, warum. Es hat sich einfach so ergeben, dass Aurora mal mit zu ihm gekommen ist. Ihm hat es gefallen, jemanden anderen bei sich zu haben, außer seinen Bediensteten und der Haushälterin.

»Ich schätze, weil mich vorher noch nie jemand gefragt hat.«

Aurora ist sichtlich verwundert über diese Aussage, da sie ihn wirklich sympathisch findet. »Aber ist das nicht eigentlich schade? Fragst du dich nicht manchmal, warum niemand mit dir befreundet sein will?«

»Vielleicht bin ich den anderen zu angeberisch. Du weißt schon, mit dieser Sherlock Nummer.« Er zuckt mit den Schultern. »Aber ob ich es schade finde, dass keiner etwas mit mir anfangen will? Nein, bei jedem anderen außer dir ist es mir egal, denn du gehörst für mich schon fast zur Familie.«

Bei diesen Worten wird Aurora direkt ein bisschen rot im Gesicht, da sie sich mehr als eine normale Freundschaft mit Sylvester wünscht.

Plötzlich werden sie von einer großen Menschenansammlung vor einem Corevisk Store aufgehalten. Der Fahrer muss anhalten und entschuldigt sich für die Unterbrechung. Er wählt umgehend eine andere Route und erwähnt, dass es sich vermutlich um die letzten Menschen ohne Gehirn-Implantat handelt, welche nun ausgestattet werden sollen. Corevisk hat für die Implantation extra ein neues Gerät entworfen, das den Eingriff schnell und zuverlässig durchführt. Dabei werden kleinste Kabel und Dioden mit Neuronen und Nerven verbunden. Über diese kann der eingesetzte Chip elektrische Impulse geben.

Sylvester weist darauf hin, dass auch er und Aurora noch keine besitzen und bisher das neue Gesetz ignoriert haben, welches jeden Menschen zwingt, ein Implantat im Gehirn zu tragen. Angeblich erfordern zukünftige Projekte und Dienstleistungen der Regierung ein solches und die hohen Kosten für die Implantation werden nur jetzt aus der Regierungskasse bezahlt.

Zu Hause angekommen gehen die beiden zuerst in das große Wohnzimmer mit Esstisch und Sylvester holt etwas zu Essen. Er stellt beiden einen Teller hin und sagt selbst leicht verwundert: »Wow, T-Bone-Steak. Ich hatte nicht gedacht, dass meine Haushälterin das so gut hinbekommt!«

Sie probiert einen Happen und freut sich über dieses saftige, medium gegrillte Steak.

Als die beiden fertig gegessen haben, fragt Sylvester, ob sie nicht virtuell an den Strand reisen möchten. Aurora lacht und fragt, wie er das denn anstellen wolle.

Er antwortet angeberisch: »Naja, ich kann die Beleuchtung und das Bild im Vision-Glass so ändern, dass es aussieht, als wären wir in einer Villa am Strand.«

Herausfordernd meint Aurora: »Ja, bitte!«

»Also, ab geht's auf die Malediven!«, sagt Sylvester, Stimmung aufbauend.

Er tippt an einer Seite der Scheibe Befehle ein. Die Beleuchtung wechselt und das Vision-Glass zeigt eine Animation, die aussieht, als wären sie wirklich auf einer Südseeinsel und würden aus dem Fenster schauen. Aurora nutzt diese romantische, paradiesische Stimmung, um es sich mit Sylvester auf dem Sofa gemütlich zu machen.

Nach einigen Annäherungsversuchen seitens Aurora, einem alten Filmklassiker aus dem letzten Jahrhundert und dem Abendessen wird ihre Zweisamkeit von einer Anzeige auf dem Vision-Glass unterbrochen. Auf diesem zeigt Sylvesters Künstliche Intelligenz Drohnenaufnahmen und fasst nebenbei die wichtigsten Fakten zusammen.

»Sylvester, ich habe ungute Neuigkeiten: Vor drei Sekunden ist die gesamte Bevölkerung einfach in Ohnmacht gefallen. Egal wo, überall wirkt es wie ausgestorben. Leblose Körper liegen auf dem Boden, sitzen auf Parkbänken und in Büros oder schwimmen in öffentlichen Gewässern und Bädern. Bisher konnte ich keine Erklärung finden. Ich habe bereits sämtliche Vitalwerte und Wärmebildkameras geprüft, das Ergebnis ist: bis auf die ertrunkenen Menschen in Gewässern oder Becken, sind noch alle am Leben. Sie scheinen sich in einer Art Koma zu befinden. Außer dir sind nur deine Eltern und Aurora Kollens noch bei Bewusstsein. Ihr vier Überlebenden seid übrigens die einzigen Menschen ohne ein HyperBrain-Implantat. Möchtest du mehr Informationen?«

Sylvester antwortet bestürzt: »Nein, das reicht. Danke, Marx. Trenn bitte jegliche Verbindungen unseres Systems zu Corevisk und installiere dich als Software-Update auf meinen Servern Alpha und Bravo.«

Er springt auf und bittet Aurora, hier auf ihn zu warten. Eine Minute später kommt er mit zwei vollgepackten, schwarzen Sporttaschen wieder. Mit ernster Miene gibt er eine Tasche Aurora und reicht ihr noch eine seltsam aussehende Pistole hinterher.

Aurora erschrickt und fragt ihren Freund besorgt: »Sylvester, was ist in diesen Taschen?«

»Unsere Kleidung und ein paar Extras.«

Die Computerstimme meldet sich erneut: »Datentransfer abgeschlossen. Ich operiere nun von Alpha aus. Freier Speicherplatz auf Server Alpha: 74

Exabyte. Freier Speicherplatz auf Server Bravo: 98 Exabyte. Kommt zum Bunker. Ich trenne jegliche Verbindungen hierher.«

Sylvester ist schon auf dem Weg nach draußen und zerrt Aurora hinter sich her. »Das ist unser Stichwort!«

»Aber Sylvester, was…«

Sie wird von ihm unterbrochen: »Komm schon! Ich weiß nicht, was hier gerade passiert ist. Aber wir sollten uns in Sicherheit bringen.«

Er packt sie an der Hand und rennt mit ihr zusammen nach draußen. Auf den zwei Stufen vor der Haustür liegt James. Sylvester überprüft dessen Puls und schickt Aurora zu seinem älteren Wagen. Sie soll das Tracking einschalten - damit kann der fahrerlose Wagen dem Ersten folgen und selbstständig Hindernissen ausweichen. Als sie dies getan hat, sitzt Sylvester bereits im restaurierten Aston Martin und lässt den Motor an. Aurora sprintet zu der offenen Beifahrertür und lässt sich in den Ledersitz fallen. Während Sylvester ein Stück zurückfährt, um wenden zu können, werfen sie einen letzten Blick auf das verlassene Haus und fahren anschließend, mit dem zweiten Auto im Schlepptau, in Richtung Stadt.

Auf halber Strecke fängt Sylvester an zu lachen und meint, dass es jetzt doch passen würde, wenn, wie in einem der alten Filme aus dem 21. Jahrhundert, das Haus hinter ihnen explodieren würde. Aurora sieht ihn verständnislos an, denn sie kennt keine alten Filme und weiß auch nichts über das Leben im 21. Jahrhundert.

Leider wurden Informationen zu der Welt vor der Revolution von der Exekutive verboten und größtenteils entsorgt, um ihre Lüge, dass dies die Welt sei, wie sie schon immer war, nicht auffliegen zu lassen. Kriege, Aufstände und Zweifel sind bei der Regierung gar nicht gerne gesehen, darum haben sie die Auslöser direkt vernichtet. Es gibt nur ein paar Wenige, die wissen, dass die jetzige Weltordnung auf einer Lüge aufgebaut wurde, und dieses Geheimnis gut hüten. Zum Glück weiß niemand außer Sylvester von dem Bunker, zu dem sie gerade fahren, sodass dort noch alle Dokumente der damaligen Zeiten vorhanden sind.

Aurora muss an ihre Familie, ihre Freunde und ihre Verwandten denken. Ihre Stimmung sinkt während der Weiterfahrt immer weiter. Sylvester bemerkt das und schließt daraus, wie es ihr wohl geht. Er versucht sie zu beruhigen, indem er seine rechte Hand in ihre Richtung streckt und ihr mit einem Blick signalisiert, dass sie ihre in seine legen soll.

Die ersten Straßen und Lichter. Die Häuser der Vorstadt mit ihren großen Gärten sehen friedlich aus. Hier wohnen nur die Reichen und Schönen. Die Gärten sind gut gepflegt. Trotz der vielen Körper wirkt alles so leer. Oder genau wegen ihnen? Es sieht sehr befremdlich aus, wenn reglose

Menschen auf Sonnenliegen in Gärten oder Parkbänken am Straßenrand liegen.

Ein paar Straßen weiter bittet Aurora Sylvester anzuhalten, um sich etwas umzusehen. Das macht er zwar nur widerwillig, möchte ihr aber ein wenig Freiraum lassen, nach diesem Schock.

»Warte bitte kurz, bevor du aussteigst.« Sylvester holt seine Pistole heraus und beginnt zu erklären: »Das sind von mir konzipierte Waffen. Sie können fast jeden Munitionstyp abfeuern und sobald du auf einen elektrischen Schaltkreis zielst, wechseln sie auf EMP. Also, egal was dich angreift, schieß! Sicherheitshalber hat sie aber einen Sicherheitsmechanismus gegen dich, James und mich. Ach ja, eine Sache noch. Wenn du nachher deine Tasche auspackst, könnten dir ein paar Magazine in die Hände fallen. Heb sie dir gut auf!« Er beendet das Gespräch, indem er sich seine Waffe auf den Schoß legt und Auroras Tür entriegelt.

Während sich Sylvester im Auto noch mit seiner Künstlichen Intelligenz Marx unterhält, sieht sich Aurora bereits in der Umgebung um. Sie hat ihre Waffe bei sich und keine Angst, diese im Notfall auch zu benutzen. Der eigentliche Grund, warum sie halten wollte, ist das Haus ihrer Großeltern. Eine der schönsten Villen in der Stadt. Und auch eine der Ältesten. Erbaut, als die Vorschriften seitens Corevisk noch nicht so streng waren. Sie liebt ihre Oma und ihren Opa und möchte deshalb nochmal nach ihnen sehen. Nicht, dass sie wie so viele andere im Pool ertrinken oder durch eine Glasscheibe der Hausfront fallen. Aurora versteht sich mit ihren Großeltern schon immer besser als mit ihren Eltern. Ihr Vater ist fast nie zuhause und treibt sich immer bei irgendwelchen anderen Frauen rum, ihre Mutter hat nur Augen für den Job. Ihre Großeltern sind die einzigen, die Aurora je verstanden haben.

Die Haustür steht sperrangelweit offen. In genau dem Moment, in dem Aurora hinein geht, kommt Sylvester ihr hinterhergelaufen, hält sie fest und meint, dass sie nun wieder losmüssten, um nicht zu viel Zeit zu verlieren. Sie reißt sich aber los und stürmt ins Haus.

Sie findet die geliebten Menschen in Sesseln im Wohnzimmer. Reglos, leblos. Sie bricht in Tränen aus. Sylvester versteht ihre Tränen. Auroras Großeltern wirken so nah und doch so fern, wie sie da liegen. Als schliefen sie - tief. Aber besonders die geöffneten Augen machen die beiden angsteinflößend. So als würden sie jeden Moment aufstehen, auf dich zugehen und dich umarmen.

Sylvester wendet sich ab und analysiert die Lage. Der Ausblick ist atemberaubend. Auf dem Herd köchelt noch der Rest Ragout vom Abendessen und eine Oper spielt über die Lautsprecher. Mit den zwei leblosen Körpern eine sehr bizarre Situation.

»Marx, was ist hier passiert?«, spricht Sylvester in seine Armbanduhr.

»Dr. Alexis Kollens und Dr. Jack Kollens hatten bereits medizinische Mikrotransmitter in ihrem Blut. Diese interferierten mit den Implantaten. Das führte zu einem mehrere Sekunden andauernden, elektrischen Schock der Neuronen und …«

»Das reicht!« Marx wird unterbrochen. Aurora bricht zusammen und tränkt den Teppich mit ihren Tränen. Sylvester kniet sich neben sie und umschließt sie fest mit seinen Armen. Mehrmals versucht sie sich zu winden und etwas zu schlagen. Ihre Nerven spielen verrückt. Verständlich, wenn einem so etwas wichtiges genommen wird und man sich nicht einmal verabschieden konnte.

»Wir können nichts mehr tun«, versucht Sylvester sie zu beruhigen. »Lass uns wieder zum Wagen gehen. Bei diesem Anblick wird es dir nicht besser gehen.«

Nachdem Sylvester Herd und Musik ausgeschaltet hat, schiebt er noch die gläsernen Terrassentüren zu und schließt Alexis und Jack die Augen. Dabei sieht er eine Träne ihre Wange herunterlaufen. Um Aurora keine falschen Hoffnungen zu machen, behält er das für sich. Ein paar Meter vor der Eingangstür nimmt er ein lautes Summen wahr.

Er tippt bei dem Geräusch auf fließenden Quantenstrom, eine teure aber bei hohem Stromverbrauch sinnvolle Alternative zu normalem Strom, die sich meist nur große Firmen für ihre Rechenzentren leisten. Auroras Großeltern scheinen aber so in Geld zu schwimmen, dass sie mit dem Gebrauch von Quantenstrom verschwenderisch umgehen können, ohne dass sie sich Sorgen um die Rechnung machen müssen. Letztendlich findet Sylvester aber die Geräuschquelle: eine Überwachungskamera. Kaputt, die Kabel hängen heraus und verursachen dieses spezielle Geräusch. Er eilt zurück zum Auto, startet hektisch den Motor und fährt los.

Aurora fragt ihn verwirrt: »Was ist los? War da jemand im Haus?«

Sylvester antwortet unsicher: »Ich weiß es nicht. Aber wir müssen zum Bunker!«

Aurora versteht Sylvesters Hektik nicht und fragt: »Warum machst du denn so einen Druck? Wir haben nicht mal was zu Essen.«

»Ich habe Nahrungsmittelvorräte da unten, die für über 30 Jahre reichen. Zudem können wir uns etwas anbauen.«

»Du hast hoffentlich nicht vor so lange in einem Bunker zu sitzen! Und was hält sich denn schon so lange?«

»Das liegt alles in flüssigem Stickstoff. Da können sich keine Keime bilden. Das schmeckt dann wie am ersten … naja sagen wir, wie am zweiten Tag«, erwidert Sylvester. Er sieht, dass es Aurora alles andere als gut geht. »Schau mal ins Handschuhfach, da müsste was zum Naschen drin sein.« Sie nimmt den bunten Riegel und macht die

Verpackung auf. »Das riecht gut.« Sie beißt ein großes Stück ab.

Kurze Zeit später geht es Aurora wieder wesentlich
besser und sie scheint sogar ein bisschen fröhlich.
Sylvester tritt aufs Gaspedal und sie zischen mit
200 Sachen über die Autobahn. Das zweite Auto
von Sylvester, das ihnen folgen sollte, verschwindet langsam im Rückspiegel, allerdings taucht dafür eine Drohne auf, auf die Aurora ihren Freund
verwirrt hinweist.

»Sylvester, da ist eine Drohne. Aber wie kann
die so schnell sein? Was machen wir jetzt?«

»Wenn die wirklich so schnell ist, hat sie einen
extrem hohen Energieverbrauch. Wir müssen sie
also nur ein wenig fordern und die dreht gleich
wieder ab.«

Tatsächlich kann die Drohne nicht mithalten
und verschwindet.

Aurora meint, dass sie müde sei und jetzt ein
wenig schlafen möchte. Darum bittet sie Sylvester,
ein bisschen langsamer und sicherer zu fahren. Er
erfüllt diese Bitte mit einem Lächeln im Gesicht
und bremst auf ein Tempo ab, bei dem das zweite
Auto wieder aufholen kann.

DREI

Mittlerweile ist es tief in der Nacht.

Sylvester fährt von der Autobahn ab und biegt nach einiger Zeit auf einer Landstraße auf einen schmalen, geschotterten Weg in den „gefährlichen" Wald ab. Seinen Namen hat der Wald von der Regierung erhalten, um die Menschen unter Kontrolle zu haben. Angeblich wimmelt es in diesen Wäldern von Tieren, die sofort alles außer ihren eigenen Artgenossen angreifen. Natürlich ist das eine Lüge, die nur existiert, um die Geheimnisse der Regierung und von Corevisk zu bewahren.

»Hey, Aurora. Wir sind fast da«, weckt er seine Beifahrerin fröhlich. Sie gähnt ausgiebig und lächelt ihn an.

Sie biegen ab und fahren eine schmale Straße durch den Wald entlang. Aurora sieht Sylvester die nächsten paar Minuten einfach nur an und überlegt leise.

»Vest … Vester … Syl … Sylv … Sly …«

Sylvester muss lachen. »Was machst du da eigentlich? Das sind doch immer Stücke meines Namens.«

Aurora lacht und verteidigt sich. »Ich habe mir gerade einen Spitznamen für dich überlegt! Wie wär's mit Sly?«

Er überlegt kurz. »Hm… Ja, wenn wir nicht gerade ausgehen, kannst du mich Sly nennen.«

Beide müssen herzhaft über diesen Namen lachen, bis Aurora auf eine lange Reihe Stahlpfosten am Wegesrand aufmerksam wird und sich bei Sylvester über diese informiert. Über etwa 500 Meter stehen in gleichmäßigem Abstand seltsame Pfosten aus einem stahlähnlichen Material am Rand des Weges. Sie haben im oberen Teil eine sichtlich große, nach unten schräge Einkerbung, welche den dunklen Weg beleuchtet. Wie Sylvester ihr erklärt, können diese Metallstäbe aber auch Betäubungspfeile, jegliche tödliche Munition, kleine Raketen und vieles mehr verschießen. So ziemlich alles, was Unbefugte abhält.

Nach und nach lichtet sich der Wald und sie fahren auf das Ufer eines idyllischen Sees zu. Der helle Vollmond spiegelt sich im ruhigen Wasser. Gegenüber sehen sie auf der anderen Uferseite ein altes, aber in die Umgebung passendes Chalet. Sylvester und Aurora steigen aus und genießen die frische Waldluft. Sie lehnen sich auf die Motorhaube und blicken in die Ferne - naja, bis ans andere Ufer, denn dort fängt auch schon wieder der Wald an. Sie lassen die Arme hängen, die Seele baumeln und verspüren für einen Moment Ruhe und Geborgenheit. Auroras Hand nähert sich langsam Sylvesters und sie hofft, dass die Zeit mit ihm schön und lustig wird. Doch sie weiß, wie schlecht die Chancen dafür in dieser Situation stehen. Kurz bevor ihre Hand Sylvesters berührt, richtet er sich wieder auf und setzt sich auf den Beifahrersitz. Als hätte er ihre Hand schon gespürt.

Er ruft Aurora zu, sie solle sich hinters Lenkrad setzten.

»Siehst du das Haus da drüben? Dieser Weg führt dort hin. Fahr los!«

Das Chalet wird auf der Windschutzscheibe markiert. Vom Fahrersitz sieht es aus, als würde an dem Haus eine große holographische Raute kleben.

Auf der gegenüberliegenden Seite des Sees steht das sehr gut erhaltene Haus im skandinavischen Stil. Eine große Veranda im Erdgeschoss, ein großer Balkon im darüber liegenden Stockwerk. Kleine Fenster und genauso kleine Fensterläden. Minimalistisch, aber trotzdem hübsch. Angestrichen in einem schönen Rot. Sylvester fühlt sich zuhause.

Aurora fährt auf den kleinen Schotterplatz vor dem Haus und sieht sich mit kritischem Blick um.

Der Wagen kommt zum Stehen und der zweite fährt in eine Art Garage, neben einem Schuppen.

Sylvester steigt aus und geht auf die Haustür zu, über welcher mehrere LEDs aufleuchten und signalisieren, dass Sylvesters Gesicht gescannt wird. Die Tür öffnet sich und die beiden betreten den kalten Raum. Modrige Luft steigt ihnen in die Nase und Aurora reißt sofort alle Fenster auf. Sie scheint nicht sehr beeindruckt von der Situation, in einer „Bretterbude" - wie sie es nennt - zu wohnen.

»Du bist nur die modernen, langweiligen Betonbauten aus den Städten gewohnt! Das hier hat wirklich Stil!«, Sylvester geht an ihr vorbei und erfreut sich an heimischen Gerüchen und dem alten Mobiliar.

»Das hier würde ich nicht gerade als Bunker bezeichnen. Ich hoffe, du erzählst mir irgendwann, warum du bei solchen Sachen so geheimnisvoll bist.«

Aurora sieht sich ein wenig um und kommt schließlich ins Lesezimmer zu ihrem Freund. »Wenigstens sind hier genug Bücher, ich lese gerne.«

»Gut!«, Sylvester lächelt und zeigt ihr voller Stolz seine Büchersammlung. »Hier findet man einige Schätze der *Alten*.«
Die *Alten* ist die Bezeichnung für die Menschen vor der Revolution. Sylvester ist ihrer Kunst tief verfallen, besonders der Musik.

»Warum liegt die Bibliothek eigentlich tiefer als der Rest des Hauses? Ist die Stufe nur ein Stilobjekt der damaligen Architektur, oder warum ist das so?«

Mit dieser Frage hat er nicht gerechnet und lacht deshalb nur. Er setzt sich auf die Veranda und nickt ein. Verständlich nach einer so langen Autofahrt.

Aurora schleicht die knarzende Treppe hoch und steht in einem langen Gang. Dieser erstreckt sich über das ganze Obergeschoss und hat nur ein kleines Fenster am Ende. Das Mondlicht fällt aus den offenstehenden Zimmertüren und bildet Muster auf dem Boden.

Vorsichtig sieht sich Aurora um. Jeder Raum ist genau gleich aufgebaut und ausgestattet, was bei Weitem nicht so stilvoll ist, wie es Sylvester gesagt hat. Sie ist enttäuscht von der Lage und sauer auf Sylvester. Er habe sich das Alles nur ausgedacht, um sie zu beeindrucken, denkt sich Aurora. Er hat hier nie gewohnt! Und diesen Bunker gibt es auch nicht! Ihr Vertrauen zu Sylvester schwindet immer mehr. Durch eines der Fenster sieht sie ihn auf der Terrasse dösen. Jetzt zeigt sich auch wieder die optimistische Seite Auroras. Er sieht so friedlich aus, wie er da sitzt. Aber sie kennt ihn ja, er ist immer gut gelaunt - als würde er sich über nichts Gedanken machen. Letztendlich überwiegt der Durst nach Aufklärung und sie geht runter auf die Veranda.

Sie weckt ihn auf und stellt ihn zur Rede. »Alle Menschen bis auf uns zwei werden ohnmächtig, du weißt sofort, was zu tun ist und nimmst mich hierher mit. So langsam glaube ich das, was die anderen sagen! Dass du gefühlskalt und egoistisch bist. Ach ja, übrigens hat Marx gesagt, dass wir zu einem Bunker fahren und nicht zu einem mehr oder weniger schönen Haus der *Alten*! Zudem hast du gesagt, du erklärst mir alles, aber ich habe noch kein einziges Wort von dir zu dieser Sache gehört! Irgendwas stimmt hier nicht!«

Sylvester steht auf und beginnt zu erklären: »Dass hier etwas nicht stimmt, ist richtig. Das Haus ist nur Fassade. Eine ziemlich gute, muss man dazusagen!« Er geht durch das Erdgeschoss. »Allerdings sind oben keine Lichter angebracht und ein Raum ist wie die anderen. Ich möchte dich ein zweites Mal in mein Zimmer der Bücher entführen. Dort gibt es ein spezielles Buch, das uns weiterbringen wird. Es erzählt auch viel über die *Alten*.«

Er bleibt stehen und signalisiert ihr mit seiner Hand, dass sie eintreten soll. Die Suche beginnt. Nach der Nadel im Heuhaufen, ohne weitere Hinweise. Inmitten von tausend Büchern eines zu finden, dessen Titel man nicht kennt, scheint für sie aussichtslos.

»Alphabetisch sortiert, mal sehen.«

»Zieh an einem Buch und nimm es heraus, wenn du denkst, es gefunden zu haben.«

Aurora fällt ein kurzer und prägnanter, aber auf den ersten Blick sinnloser Titel auf. Sylvester beobachtet sie und nickt. Sie greift nach dem Buch, aber es lässt sich nur kippen. Er greift nach dem Bücherregal und zieht. Das Regal öffnet sich wie eine Tür auf sie zu.

»Bitte schön! Ich hoffe jetzt bist du nicht mehr sauer auf mich. Obwohl ich dir ja eigentlich noch keine Frage beantwortet habe.« Er möchte bereits durch die Geheimtür, da greift ihre Hand nach seinem Arm. »Hey, alles gut. Ich vertraue darauf, dass du mir meine Fragen noch zu gegebener Zeit beantworten wirst.«

Es zeigt sich ein Geheimgang im Felsen, der in die Dunkelheit führt. Nur ein aufgehängtes LED-Band spendet ein wenig Licht, um das Nötige zu sehen. Sylvester schickt die wieder freundliche Aurora vor und zieht das Bücherregal hinter sich zu.

Es wird dunkel. Ihre Augen müssen sich erst an das wenige Licht gewöhnen.

»Gibt es einen Grund für genau dieses Buch?«, fragt Aurora interessiert.

»Ja, den gibt es tatsächlich. Dieses Buch ist das wohl älteste, das je von Hand geschrieben wurde, es entstand vor mehreren Jahrtausenden. Die *Alten* stützten sich darauf und es gab ihnen angeblich Kraft. Viele Menschen erklärten die Wissenschaft als unsinnig und schenkten nur dieser Schrift Glauben.«

»Also eine Sammlung von Volksmärchen?«, hakt Aurora nach.

»Ja, das trifft es eigentlich ganz gut! Alle diese Geschichten hängen zusammen und beschreiben eine höhere Macht, die die ersten Menschen dazu benutzten, alles zu erklären, für das sie keine Begründung fanden. Leider konnte dieses höhergestellte Wesen nichts gegen den Selbstmord der Menschen tun.«

Sylvester ist enttäuscht von der Menschheit des 21. Jahrhunderts. Sie waren technisch sehr fortschrittlich, aber auch überheblich und sahen sich als Bezwinger jeglicher Naturgewalten.

»Was meinst du mit *Selbstmord*?«

»Das kann ich dir nachher mit ein paar Bildern zeigen. Wir Menschen haben ein unglaubliches Talent zur Selbstzerstörung - die *Alten* noch mehr als wir heute!«

Sie spüren, wie es immer kälter wird, je weiter sie in die Tiefe gehen. Die Luft riecht feucht. Kondensierte Atemluft und Wasser aus kleinsten Felsspalten tropft ihnen auf Kopf und Schultern. Die Wände sind nass und glänzen. Hin und wieder kann man kleine, funkelnde Partikel im Gestein entdecken. Der Boden ist durch die Nässe schon ganz weich und schlammig.

Unwohlsein macht sich in Aurora breit. Sie sieht eine dunkle Weggabelung des Ganges und bleibt stehen. »Sylvester, da geh ich nicht rein! Die Lichterkette hört hier auf und da vorne ist es ganz dunkel.«

»Komm schon, ich verspreche dir, dass es nur ein kurzes Stück dunkel ist.«

Aber anstatt mit ihm mitzugehen, bleibt sie stur auf der Stelle stehen. Da ihr Freund aber einfach weiter geht, entscheidet sie sich letztendlich doch dafür und hastet ihm nach. Der enge Gang wird zu einer enormen Aushöhlung im Felsen. Sowie sie den Raum betreten, aktivieren sich lauter kleine Lichter im Boden, den Wänden und der Decke. Auf der gegenüberliegenden Seite ruht eine riesige Tür aus dickem Stahl. Die beiden gehen durch die Höhle. Neben ihnen türmen sich Stalagmiten und hängen Stalaktiten. In den verschiedensten Größen und Farben. Es ist ein wunderschönes Zusammenspiel von farbenfrohen Mineralien und Gestein.

Sie kommen dem stählernen Objekt immer näher und Aurora wird erst jetzt klar, wie groß dieses Tor wirklich ist. Eine gewaltige Konstruktion aus einer exorbitanten Menge Metall. Was die wohl alles aushalten würde?

Sylvester bleibt stehen. »Das ist der Eingang zu einem Bunker der damaligen Zeit.«

»Wow! Aber wofür braucht ein Versteck so eine massive Sicherheitskonstruktion?«

»Du kannst dich doch bestimmt noch an die theoretische Rechnung aus Physik letztens erinnern, oder? In der wir die Sprengkraft von zwei aufeinandertreffenden Plutonium-Körpern berechnet haben.«

»Natürlich, du hast die Aufgabe vorgeschlagen. Aber das war doch nur reine Theorie.«

Sylvester atmet schwer und tief durch. Kopfschüttelnd klärt er seine Freundin über eine weitere Dummheit der damaligen Menschheit auf: »Tatsächlich haben die *Alten* diese sogenannten Atombomben gebaut und benutzt!«

Aurora zweifelt an der Intelligenz und dem Anstand der damaligen Zivilisation. »Warum waren die so blöd? Hatten die denn keinen …«

Sylvester unterbricht sie. »Was ich dir aber eigentlich sagen will ist, dass diese Tür mehreren solcher Angriffe standhalten kann.«

Sie werden von einer weiblichen Computerstimme unterbrochen. »Biometrische-Datenprofile überprüft. Gang- und Sprachanalyse durchgeführt. Zwei Personen erkannt.«

»Was ist das? Das hört sich nicht nach Marx an.« Fragt Aurora.

»Keine Sorge, das ist die Sicherheits-Unterfunktion von Marx. Damit man sie erkennen kann, hat sie eine eigene Stimme.« beruhigt er seine Freundin.

»Sylvester, bitte bestätige dies und nenn deinen Rang.«, meldet sich das Programm wieder zu Wort.

»Sylvester Pinkerton, Prime 1. Bestätige Zugang für Aurora Kollens.«

»Zugang gewährt. Magnetschlösser werden entladen«

Ein lautes Summen ist zu hören und man kann den Stahl förmlich zittern sehen. Lautes Knirschen

- wahrscheinlich von Zahnrädern - kommt aus dem Bereich um die Tür. Diese teilt sich langsam in zwei jeweils schräg montierte Hälften auf und beginnt sich zu öffnen.

Sylvester warnt Aurora davor, dass sie gleich beide komplett im Dunkeln stehen werden, und bittet sie, sich nicht zu erschrecken.

Die zwei massiven Stücke Ingenieurskunst haben sich so weit auseinander bewegt, dass man problemlos hindurch schreiten kann. Nur die Bodenbeleuchtung des kleinen Übergangs von Höhlenboden zu Bunkerboden spendet ein wenig Licht, um keinen falschen Schritt zu machen. Als die beiden neuen Bunkerbewohner durch die Tür spaziert sind, schließt sich diese hinter ihnen wieder. Sie stehen nun in kompletter Dunkelheit und sehen nur ein paar kleine rote LEDs im Boden.

»Aurora, wie gut kannst du deine Luft anhalten?«

»Habe ich lange nicht mehr ausprobiert. Warum?«, fragt sie unsicher.

»Es kann bei einer Öffnung der Tür nicht ausgeschlossen werden, dass Krankheiten in den Bunker eindringen können. Um zu gewährleisten, dass das auch wirklich nicht passiert, gibt es eine bestimmte Sicherheitsvorkehrung, um die wir leider nicht rumkommen. Dem Raum wird gleich jegliche Luft entzogen und durch verschiedenste Chemikalien ausgetauscht. Da wir dann nicht atmen können, weil es äußerst schädlich für uns wäre, müssen wir die Luft anhalten.«

»Ich war seit Monaten nicht mehr krank«, meint Aurora und versucht der Dekontamination zu entkommen.

»Das weiß Marx. Aber das Sicherheitssystem kann nicht feststellen, warum plötzlich alle bewusstlos sind.«

»Na gut. Ich habe zwar keine Ahnung wie lange ich das schaffe, aber lass es uns hinter uns bringen.« Sie streckt ihre Hand in Richtung Sylvesters Stimme aus und bittet ihn, sie an die Hand zu nehmen.

Er nimmt sie und gibt ihr noch eine letzte Anweisung: »Wenn ich Marx gleich sage, dass er anfangen kann, holst du so tief Luft wie du kannst und atmest erst wieder, wenn ich es auch tue. Und lass deine Augen zu!«

»OK, ich tu mein Bestes!«

Sylvester hat das schon einige Male gemacht. Er weiß, wie schwer es für sie werden wird.

Beide holen tief Luft.

Mund zu. Nase zu. Augen zu.

Die Luft strömt aus dem Raum und sie fühlen, wie kalte Gase den Raum ausfüllen.

Eine Minute verstreicht.

Sylvester fühlt sich noch gut und wird auf jeden Fall aushalten, macht sich mit der Zeit jedoch immer mehr Sorgen um Aurora. Er fühlt, wie ihr Griff um seine Hand fester wird. Anscheinend denkt ihr

Unterbewusstsein, dass ihr der Sauerstoff ausgeht, wenn sie jetzt nicht atmet. Sylvester schießen tausende Gedanken durch den Kopf. Was, wenn sie durchhält aber ohnmächtig wird? Wenn sie es nicht schafft und einatmet? Die Gase würden sie zwar nicht umbringen, aber ihnen großen Schaden zufügen. Sylvester weiß genau, was der Cocktail um ihn herum enthält. Es würde lange dauern, bis sie wieder auf die Beine kämen.

Die Zeit vergeht immer langsamer. Irgendetwas in seinem Kopf zwingt ihn dazu, mitzuzählen. Die Hälfte der Zeit ist immerhin schon geschafft! Aber noch ist es nicht überstanden. Wie lange hält Aurora noch durch? Wahrscheinlich nicht mehr lange, denn sie drückt immer fester zu.

Ein plötzlicher und besonders fester Druck versetzt Sylvester in panisches Grübeln.

Er dreht sich zu ihr, zieht sie an sich und küsst sie.

Aurora kann sich in ihrem Trancezustand gar nicht mehr richtig wehren und sieht es als Abschied an. Sie genießt das Gefühl, es ist schließlich ihr erster Kuss. Sie fallen zusammen um und Sylvester landet auf dem Rücken, mit Aurora auf dem Bauch. Ihr Freund lässt sie die Zeit, bis wieder Luft zum Atmen da ist, gar nicht mehr los. Zusammen schaffen sie die gefühlte Ewigkeit aber gerade noch. Sie weiß nun nicht mehr, wo ihr der Kopf steht. In ihr dreht sich alles und ihr Bauch fühlt sich an, als hätte sich darin alles verknotet.

Als Sylvester sich löst, holen beide ganz tief Luft und spüren, wie sich der Sauerstoff im ganzen Körper verteilt. Beide liegen auf dem Rücken auf dem Boden und blicken in die langsam heller werdenden Lampen. Kurze Zeit liegen sie einfach nur da und warten, bis die letzte Zelle wieder versorgt ist.

»Entschuldige, aber mir ist auf die Schnelle nichts anderes eingefallen.«

»Ach, das war schon in Ordnung«, lächelt sie ihn an.

Sylvester steht auf und hilft Aurora hoch.

Anschließend erklärt er ihr, dass der Bunker bisher nur im Energiesparmodus läuft und noch hochgefahren werden muss. Er öffnet eine Tür, welche ihnen Zugang zum richtigen Bunker gewährt und schreitet mit Aurora in einen mäßig beleuchteten Gang. Energiesparmodus eben. Zu erkennen sind nur ein paar wenige Umrisse.

Sylvester weist Marx an, das komplette System hochzufahren. Wenige Sekunden später gehen alle Lichter in ein angenehmes Weiß über und Marx gibt ein Statusupdate: »Alle Systeme laufen normal. Ich arbeite auf den Hauptservern mit einer Rechengeschwindigkeit von drei Gigabit pro Sekunde. Beide Quanteneinheiten laufen bei 3 Prozent Leistung und die normalen Prozessoren bei 10 Prozent. Die Zuverlässigkeit der speziellen Einheiten ist im grünen Bereich.«

Er wartet ein paar Sekunden, um die beiden zu begrüßen. »Schön dich wieder hier zu haben, Sylvester! Ihr solltet euch jetzt erstmal hinlegen und schlafen. Eure Vitalwerte sehen nicht gut aus!«

»Ja, machen wir. Ich möchte Aurora bloß noch die Räume zeigen.«

Sylvester führt sie den Gang entlang zu einer weiteren Tür und öffnet sie. Der runde Raum, in den sie kommen, sieht ganz anders aus als der Gang vorher. Nicht so blank und militärisch. Sondern weiß und modern. Er hat einen Durchmesser von mindestens fünf Metern und ist mit Sitzbänken an den Wänden und Hightech ausgestattet. In der Mitte ist eine Art Tisch, auf dem ein Hologramm thront, anstatt eines *langweiligen* Displays. Vom Hologramm gleitet Auroras Blick auf den Boden, welcher eine seltsame, hexagonale Struktur hat. Er kann durch kleine Displays augenscheinlich alles mögliche darstellen, was man sich wünscht. Die Wände sind ähnlich aufgebaut, jedoch ist es hier eher eine Farbe, anstatt einzelner Segmente. Alles ist in einem schlichten Weiß gehalten, sieht aber durch farbige LED-Streifen sehr modern aus.

Von der Decke hängen über jedem Eingang zu einem anderen Bunkerbereich kleine digitale Tafeln, die anzeigen, was sich hinter der jeweiligen Tür verbirgt.

Sylvester setzt sich in Bewegung und steuert direkt auf den Bereich *Aufseher* zu. Aurora folgt ihm und geht dabei an einer deutlich älteren und schmutzigeren Tür vorbei, welche ihr direkt aufgefallen ist. Sie nimmt sich vor Sylvester später zu fragen, warum diese so anders aussieht.

Wenn man den Aufschriften im Gang des *Aufsehers* glauben kann, hat dieser verschiedene Zimmer nur für sich.

»Was ist ein Aufseher? Bist du das?«, fragt Aurora neugierig nach.

»Ich war bisher allein hier, also ja«, antwortet er flüchtig.

In dem Gang, in dem sie stehen, befinden sich fünf Türen. Laut Sylvester zwei Schlafzimmer, ein Arbeitszimmer, ein Speisezimmer, das für die normalen Bunkerbewohner unzugänglich ist, und ein Raum, den er ihr morgen zeigen will.

»Hier links schlafe ich, du kannst das Zimmer da rechts haben.« Er teilt ihr ein Bett zu.

»Wäre es möglich, dass ich heute Nacht bei dir bleibe?« lächelt Aurora ihn unschuldig an.

»Ja … natürlich.«

Aurora geht zufrieden an ihm vorbei in das Zimmer, dass er sich selbst zugeschrieben hatte. Er schließt die Tür hinter sich und legt sich mit ins Bett. Beide machen es sich gemütlich und Sylvester errichtet zwischen den Beiden eine Mauer aus Kissen, was Aurora gar nicht gut findet. Doch er weiß im Moment nicht recht, wie er sich verhalten soll. Natürlich ist er in sie verschossen, aber der Kuss eben ging ihm im Nachhinein etwas zu schnell.

Außerdem scheitert er daran, Auroras Gefühle zu lesen, so wie er es bei allen anderen macht.

Bevor er mit einer Handbewegung das Licht ausschaltet, bittet er Marx, die Sachen aus dem Auto zu holen.

»Wie soll Marx das denn machen? Er ist nur eine KI«, meint seine Freundin, immer noch empört über die Aktion mit den Kissen.

»Er hat Roboter«, wirft er zurück, macht das Licht aus und legt sich schlafen. »Gute Nacht.«

Aurora dreht sich auf den Rücken und betrachtet das Ambiente der kleinen orangenen Lichter an der Decke. Sie denkt über ihre Lage nach und muss wieder an ihre Großeltern denken. Sie konnte ihnen nicht helfen. Sie bricht wieder in Tränen aus.

Sylvester legt die Kissen weg und zieht Aurora an sich. Sie schmiegt sich an ihn und merkt, wie es ihr wieder besser geht. Sie fragt sich, ob der gefühlskalte Sylvester sie irgendwann lieben wird - und ob er das überhaupt kann. Sie hofft, irgendwann doch noch Gefühle in ihm zu wecken. Er ist immer nüchtern und objektiv. Egal ob es seinen Gegenüber verletzen könnte, sagt er immer was er denkt. Aber keiner wäre ihr jetzt lieber als Sylvester!

»Sly, für morgen besteht aber ganz schön Erklärungsbedarf!«

»Ich kann mir einiges selbst nicht erklären, aber ich tue mein Bestes!«

Nach kurzer Zeit schlafen beide ein - eng aneinander gekuschelt.

~

»Guten Morgen, ihr beiden! Heute ist Freitag, der 29.12.2125. Heute steht nichts Besonderes an.« Marx schaltet Licht und Musik an.

»Morgen, Sly!« Aurora schmiegt sich an ihn und möchte ihn küssen. So wie gestern.

Er sieht ihr erst in die Augen, wendet sich dann aber ab und spring aus dem Bett. Entsetzt sieht er Aurora an: »Hey, was soll das!?«

»Du hast mich doch gestern auch geküsst!«, wirft sie ihm entgegen.

»Ich habe dir Sauerstoff zum Atmen gegeben. Das ist was anderes!«

Enttäuscht dreht sie sich weg und zieht sich die Decke übers Gesicht. Ihr Verdacht vom Vorabend hat sich also bestätigt, Sylvester hat keine Gefühle für sie.

Er geht zum in der Wand eingelassenen Schrank und zieht ein breites Schubfach heraus. Darin liegen neben Ansteckern auch noch Fliegen und Brillen. Zwei verschiedene Arten von Brillen, beide schlicht, aber stilvoll. Die einen haben goldene Rahmen und große runde Gläser, die anderen ein dickeres, schwarzes Gestell und eckigere Brillengläser. Sylvester nimmt sich eine und setzt sie sich auf. Daraufhin bittet er Aurora, sich auch eine zu nehmen, wenn sie aufsteht, und zieht sich an.

»Wenn du später Frühstück oder was anderes willst, findest du mich im Kontrollzentrum.«

»Und woher soll ich wissen, wo das ist?«

»Das steht über der Tür im Gang draußen.«

»Natürlich. Nicht dass ich mich aus Versehen noch verlaufe…«, meint sie abfällig.

»Wenn du jetzt gleich mitkommst, erkläre ich dir ein paar Sachen, die du wissen willst.«

Dieses Angebot kann sie nicht ablehnen. Also schlägt sie die Bettdecke zur Seite und sieht ihrem Freund wütend hinterher, der bereits auf dem Weg in den Kontrollraum ist. Sie lässt sich nicht anmerken, dass es ihr schwer fällt, Sylvester nach dem Kuss gestern böse zu sein.

»Das heißt nicht, dass du mich jetzt immer so einfach aus dem Bett kriegst!«

Sylvester muss lachen und meint, dass er schon einmal vorgehen würde und sie dann einfach nachkommen solle. Also zieht sie sich gleich um, nachdem er die Tür geschlossen hat, und setzt so wie Sylvester eine Brille mit goldenem Gestell auf.

Aurora macht sich auf den Weg zu ihm, lässt sich aber besonders viel Zeit, um sich die Beschriftungen der anderen Räume und das Hologramm anzusehen. Dieses zeigt gerade eine Simulation, die der Erde gleicht. Aber seltsam bunt, wie sie findet. In der Schule und den Nachrichten wird ihnen ständig beigebracht, dass nur ein kleiner Teil der

Erde bewohnbar ist, der Teil, der seit Jahrtausenden von Menschen bewohnt wird. Die verbundenen Städte, dann ein paar Kilometer reger Vegetation und danach nur radioaktive Wüste. Aurora war als kleines Kind schon einmal bei dem Schutzwall gewesen und hat gesehen, wie massiv und mächtig dieser ist.

»Du hast was!?«, hört sie Sylvester rufen und stürmt zu ihm. Sie fragt, was hier los sei und bemerkt erst gar nicht, was für ein beeindruckender Raum das ist.

Er ist sphärisch und hat eine hohe Decke, er sieht aus wie eine riesige Halbkugel von innen. Die Wände bestehen aus bilderzeugendem Material und zeigen im Moment ein Gesicht, welches offensichtlich Marx darstellt - was die ganze Sache für Aurora eher gruselig macht. Sein Gesicht ist schmal und die digitalen Wangenknochen kommen sehr gut zur Geltung. Seine Augen sind so blau, dass man meinen könnte sie wären aus dem reinsten und kältesten Eis gemeißelt worden. Wenn man ihm tief in seine Augen schaut, wird einem tatsächlich ein wenig kühl. Die Haarfarbe lässt sich gar nicht genau feststellen, da es so dargestellt wird, als würde sich Marx hinter einer blauen Glasscheibe befinden. Das lässt Aurora nur mutmaßen und sie tippt auf weiß glänzende Haarpracht. Im Ganzen eigentlich recht schade, dass es ihn nicht als Menschen gibt - oder zumindest als Roboter. Ein solch großartiges und schlaues Computerprogramm hätte es sich doch redlich verdient, immer mal wieder der Welt der Daten entfliehen zu dürfen. Wobei man seiner Meinung nach ja gar nicht Computerprogramm sagen darf, Marx besteht darauf, dass er als neuronales Netzwerk angesehen wird.

Trotz des kühlen Blicks findet sie seine physische Darstellung sehr freundlich und fühlt sich, den Umständen entsprechend, geborgen. Er lächelt unentwegt und touchiert seine objektive Art mit Mimik und gut platzierten Kopfbewegungen. Es fühlt sich so an, als würde man vor einer realen Person stehen - nur eben ein Dutzend Mal größer. Sylvester hat schon Recht, wenn er sagt, dass es beeindruckend und zugleich bedrückend ist, wenn überall um einen herum Anzeigen und Daten sind.

In der Mitte des Raums befinden sich ein Stuhl und ein Tisch. Beide stehen auf einem Bein und scheinen mit dem Boden fest verbunden zu sein. Was auf den ersten Blick ein Tisch ist, wird bei Benutzung zu einem digitalen Steuerpult. Auf dem Display werden neben einer Tastatur noch einige Daten angezeigt.

Sylvester stützt sich mit den Fäusten auf der Konsole ab und blickt zu Boden.

»Ich bin sauer! Du hättest erkannt werden oder uns verraten können«, weist er Marx zurecht. »Wiederhole bitte, was du gerade gesagt hast, Marx.«

Aus allen Richtungen kommt die Stimme, die sie von ihm gewohnt sind. Sie hört sich noch menschlicher an als sonst.

Er wiederholt: »Ich habe heute Nacht eine Langzeitanalyse aller Datenströme im Internet gemacht, um einen Ursprung für die Fehlfunktion der HyperBrain-Implantate zu finden. Dazu musste ich einige Schranken umgehen und Firewalls hacken«, erklärt Marx

»Du hast das doch gar nicht befohlen. Kann dieses Ding selbst Entscheidungen treff-« Aurora wundert sich, wird aber von Marx selbst unterbrochen. Sie hat trotz ihrer vielen Besuche bei Sylvester noch nicht viel mit Marx gesprochen.

»Aurora, ich bin kein *Ding*! Ich kann schneller denken als du. Und außerdem viel logischer. Ich kann auf alles zugreifen, das einen Computerchip hat und ja, auch eigene Entscheidungen treffen. Ich bin lediglich durch ein paar Mastercodes eingeschränkt«, er macht eine kurze Pause, als würde er tief durchatmen und sich beruhigen. »Übrigens habe ich gerade eine neue Brille erkannt, die meine Datensignatur hat. Sylvester, möchtest du sie verbinden und ins Intercom mit aufnehmen?«

»Ja, speichere bitte auch den Netzhaut-Scan von Aurora, um ihr in Zukunft immer und mit jeder Brille Zugriff zum Netzwerk zu geben.«

»Über was bitte redet ihr?«, möchte sie fragen, als sie plötzlich von verschiedensten Fenstern auf ihrer Brille erschreckt wird. Es öffnen sich mehr oder weniger nützliche Anzeigen, die zum Beispiel die Zusammensetzung der Luft oder die Vitalwerte genau darstellen können.

»Darf ich vorstellen: Eine Brille, mit der man zum Beispiel mit Marx und anderen Trägern kommunizieren kann. Oder Dinge sichtbar machen kann, die das menschliche Auge nicht wahrnimmt. Von mir erfunden, von Marx konstruiert und vom Bunker hergestellt. Komm mal her.«

Er nimmt ihr die Brille ab und legt sie auf das Display der Konsole. Er erklärt Aurora, dass sie sich aussuchen soll, welche Daten ihr angezeigt werden sollen.

»Während du da ein bisschen was ausprobierst, kann ich dir ja was zum Bunker erklären«, meint Sylvester und geht im Raum umher. Während er spricht, zeigt Marx an den Wänden die passenden Grafiken. »Warum Bunker überhaupt gebaut wurden, weißt du ja bereits. Dieser hier, wurde zum Schutz der besten Wissenschaftler und ihrer Familien errichtet. Jeder hoffte, dass die Bunker nie Gebrauch finden würden, doch es kam alles anders. Vor fast einem Jahrhundert, im Jahr 2030 brach der sogenannte 3. Weltkrieg aus. Die Weltkriege waren die größten Kriege der Menschheit. Damals gab es übrigens nicht nur eine große Firma, die alles gleichzeitig ist, sondern in jedem Bereich gab es hunderte. Ein reicher und überheblicher Boss einer solchen Firma, der seltsamerweise 12 Jahre vorher Präsident war - ein Präsident war das oberste Glied in der Regierung - war Auslöser für diesen Krieg. Es war der schlimmste und damit auch der letzte Krieg. Es wurden die schlimmsten Waffen entwickelt, die es je auf diesem Planeten gab: Gewehre, die radioaktive Strahlung verschossen oder die Ziele direkt ionisierten, Raketen, die ganze Städte in Schutt und Asche legten und gleichzeitig Giftgas freisetzten konnten, und Atomwaffen, die weiträumige Bereiche zerstörten und verstrahlten. Nach der Warnung vor Bomben und ähnlichem, begaben sich alle in die für sie vorgesehenen Bunker. Jene, die keinen Zugang erhielten, waren an der Oberfläche verloren. Von hier unten konnte man zusehen, wie die Welt nach und nach zerstört wurde. Die verschiedenen Großmächte kämpften um den Sieg. Niemand wusste, wieso sie kämpften, aber für ein gewaltfreies Ende war es bereits zu spät. Nach zwei Jahren beendete die mächtigste Massenvernichtungswaffe den Krieg für immer und rottete fast die gesamte Biomasse auf dem Erdball aus. Über acht Milliarden Tote und nur etwa einhunderttausend Überlebende in den Bunkern. Aber das war nicht das Ende, es war der Anfang einer neuen Ära. Die Menschen in den Bunkern hatten die nötigen Ressourcen, um die Höhlen weiter auszubauen und neue Bunkerbereiche zu erschließen. Sie lebten ein Leben wie vor dem Krieg, vielleicht sogar ein besseres - ohne Gewalt, ohne Korruption. Ein nahezu wunderbares Leben.«

Aurora unterbricht ihn ungläubig, während er von einem sorglosen Leben im Bunker schwärmt: »Warum behaupten dann alle, dass die Welt schon immer so gewesen sei, wie wir sie kennen? Einerseits will ich euch glauben, da ihr mich vor dem bewahrt habt, was der restlichen Menschheit widerfahren ist, andererseits klingt das alles sehr weit hergeholt.«

Sylvester weicht ihr aus und erzähl etwas über die Regierung, aber sie wird immer aufgebrachter: »Jeder, bis auf uns beide fällt in ein künstliches Koma, und das ausgerechnet an dem Tag, an dem ich bei dir übernachten wollte. Das hier habe ich übrigens nicht damit gemeint! Jetzt erzählst du mir, dass mein Weltbild falsch sei und alle mich nur anlügen würden. Ich habe dich immer gemocht, du bist intelligent und ich habe etwas Besonderes in dir gesehen. Aber ich denke, die anderen haben einfach ein besseres Gefühl für Menschen und mögen dich deshalb nicht so wie ich dich mag!«

Sylvester lässt sich anschreien und verzerrt das Gesicht. Er greift in seine Hosentasche und holt etwas hervor. Den Inhalt streckt er Aurora entgegen. Es ist einer dieser bunten Riegel, von denen Aurora gestern im Auto schon einen gegessen hat.

»Was? Ich will eine Antwort von dir und keine Süßigkeiten!«

»Iss.«

»Nein! Ich will jetzt wissen, was hier los ist.«

»Ich weiß es doch selbst nicht! Aber wenn du davon was isst, sag ich dir, was ich weiß«, versucht Sylvester sie zu überzeugen. Er fuchtelt mit dem Riegel vor ihrer Nase herum.

»Na schön…« Aurora greift danach und beißt einige Male davon ab.

»Also«, fängt Sylvester mit ruhiger Stimme an zu erklären, »ich habe genauso wenig Ahnung wie du. Nur eine Vermutung. Und zwar, dass Corevisk eine Technik ausprobiert, die in den Implantaten zu einer Fehlfunktion geführt hat. Ich habe das aber auf keinen Fall inszeniert, falls du das denkst.«

Aurora atmet tief durch und beruhigt sich auch wieder.

»Und warum musste ich jetzt unbedingt diese Süßigkeit essen?«

»Diese *Süßigkeit* ist weit mehr als das. Ich habe diese Riegel zusammen mit Marx entwickelt, um einige Probleme vorzubeugen. Du glaubst doch nicht etwa, dass ich keine Probleme im Leben hätte? Die Spezialzutat ist eine Droge, die Wut, Stress und Trauer unterdrückt und nicht abhängig macht. Nach dem was du gestern gesehen hast, dachte ich, dass dir das gut tun würde.«

»Okay«, meint Aurora unsicher. Sie hätte gerne vorher gewusst, was sie da gegessen hat. Aber sie weiß, dass Sylvester das nur gut gemeint hat, immerhin hat er zwischenmenschlich noch nicht besonders viele Erfahrungen sammeln können.

Den restlichen Tag verbringen Aurora und Sylvester im Kommandoraum. Dort versuchen sie mit Marx einen Ausweg für diese prekäre Situation zu finden. Stundenlang werten sie die Dateien aus, die Marx über die Nacht gesammelt hat und versuchen Ungereimtheiten aufzuspüren.

VIER

»Guten Morgen, Aurora! Heute ist Sonntag, der 30.12.2125. Heute steht nichts Besonderes an.« Marx schaltet Licht und leise Musik an.

Sylvesters Seite des Bettes ist leer. Aurora bleibt noch einen Moment liegen und lauscht den sanften Klängen der Musik. Sie findet sie so beruhigend, dass sie ihre Augen noch einmal schließt und sich fallen lässt. Fallen lässt in eine imaginäre Welt, definiert durch Klänge und Töne, feine Nuancen der Tonlagen. Eine Welt, in der die Gedanken schweifen können, Gefühle kommen und gehen, und alles andere egal ist.

Einige Minuten später steht Aurora auf und zieht sich an - nichts Besonderes, etwas Leichtes, Schlichtes. Sie nimmt wieder eine der Brillen und merkt, dass eine fehlt, die wohl Sylvester genommen hat.

Sie holt sich einen Tee im Speisesaal, ein großer Raum mit vielen Tischen und Bänken, die stählern glänzen. Dort findet sie ihn nicht, also schließt sie daraus, dass er noch immer im Kontrollzentrum ist und mit Marx nach einer Lösung sucht.

Da Sylvester aber auch dort nicht aufzufinden ist, fragt sie Marx, wo er ist. Dieser weist aber nur auf eine Videonachricht hin, die Sly Aurora hinterlassen hat. Sie bittet ihn, seine Nachricht abzuspielen und setzt sich in den futuristischen Stuhl.

Sylvester sitzt in der Aufnahme auf eben diesem Stuhl. Aber anders angezogen als gestern. Er hat eine seiner Brillen auf und einen Nadelstreifenanzug an. Darunter trägt er ein weißes Hemd und eine blaue Krawatte mit goldenen Streifen. Was natürlich nicht fehlen darf, ist das weiße Einstecktuch in der äußeren Brusttasche.

»Hallo, Aurora. Mir ist eben eine Idee gekommen, aber du hast mir gestern so viel vorgeworfen, dass ich dachte es wäre besser, wenn ich das erstmal alleine mache. Das muss noch vor Sonnenaufgang sein und ich hätte viel zu viel erklären müssen. Ich melde mich wieder. Ach ja, ich habe dir den zweitbesten Posten hier im Bunker zugeteilt, Rang 2. Sollte irgendetwas schieflaufen oder kaputt gehen, brauchst du nur deinen Namen zu sagen und anschließend „Prime 2“. Du hast damit auch Zugang zu fast jeder Ecke des Bunkers. Marx wird dir stets behilflich sein. Bis dann!«

Mit einem sichtbar schlechten Gefühl steht er auf und geht. Ohne noch einmal in die Kamera zu blicken, verschwindet er. An der Tür nimmt er einen Koffer und einen Rucksack mit, die höchstwahrscheinlich Waffen und Vorräte enthalten. Die Aufnahme endet.

Aurora sackt immer tiefer und tiefer in den Sessel und vergräbt ihr Gesicht in ihren Händen. Sie macht sich riesige Vorwürfe, dass sie ihm gestern zu viele Dinge an den Kopf geworfen hat. Im Nachhinein ist sie selbst der Meinung, dass sie gestern überreagiert hat. Es ist also ihre Schuld, dass Sylvester gegangen ist. Aber an sein stets objektives Denken hatte sie im Affekt nicht gedacht: Er hielt es dann natürlich für die beste Option, allein zu gehen.

»Könnte ich bitte nochmal so einen Drogen-Riegel haben?«

»Ich dachte mir bereits, dass du es brauchen könntest.«

Rechts von Aurora fährt ein Tisch aus dem Boden. Darauf liegt der Snack, auf den sie sich sofort stürzt.

»Ein so häufiger Konsum ist langfristig allerdings nicht gesund. Das hat Sylvester schon mal ausprobiert.«

»Also«, fragt Aurora die KI, »was kann ich jetzt mit diesem Prime 2 Status machen?«

»Ich könnte dir alles auflisten, dies würde voraussichtlich 3 Stunden und 51 Minuten dauern. Ich schlage daher vor, du findest es heraus und ich sage dir, wenn deine Freigabe nicht mehr ausreicht.«

Aurora hält das für eine gute Idee und überlegt, was sie wohl zuerst ausprobieren möchte.

Räume umprogrammieren? Sylvesters Ordnung durcheinanderbringen? Eine wahrlich schwierige Entscheidung! Aber sie lächelt, sie hat ja Zeit.

Als sie im Flur auf die kaputte Tür blickt, kommt ihr die Idee: Sie wird nachsehen, was sich hinter dieser Tür verbirgt. Forschungsprojekte? Geheime Räume, von denen sie nichts wissen soll? Wenn Aurora wüsste!

Ihr Magen knurrt und ihr fällt ein, dass sie heute noch gar nichts gegessen hat. Als Gericht bekommt sie von Marx einen Salat mit gebratenen Speckstreifen serviert. Jedoch schmecken der Salat und auch das Fleisch seltsam. Viel kräftiger als sie es gewohnt ist.

Nahrungsmittel werden an der Oberfläche für gewöhnlich nicht angebaut oder gezüchtet, sondern sie werden in Fabriken aus Stammzellen und Biostoffen hergestellt. Den Alten würden die mittlerweile hergestellten Rezepte, Lebensmittel und Gerichte nicht schmecken, aber die gesamte heutige Bevölkerung ist es nicht anders gewohnt. Die *Farmen* sind groteske Orte. Sie werden von außen als kleine, familiäre Bauernbetriebe dargestellt, von innen aber sind es automatisierte, pharmazeutische Anlagen. Sie lassen die Bevölkerung in dem

Glauben, dass sie für ihr teures Geld hochwertige Dinge kaufen würden.

Aurora schluckt den letzten Bissen herunter, trinkt aus und steht langsam auf. Sie geht hinaus auf den Flur und tippt so lange auf dem Display des Holo-Tisches herum, bis sie eine Ansicht des gesamten Bunkersystems gefunden hat. Genauestens inspiziert sie diese. Schon dabei, sich wegzudrehen, fallen ihr seltsame Bewegungen auf. Die einzelnen Stockwerke und Gänge scheinen sich zu bewegen - wie Wanderorgane in einem Organismus. Sehr langsam scheinen sich die Räume um ihre eigene Achse zu drehen. Es bilden sich neue Tunnelsysteme und verschwinden wieder. Die pulsierenden Kabel und Leitungen in der Darstellung findet sie abstoßend.

»Marx, dieses Terminal hat einen Fehler, kannst du dir das bitte mal ansehen.«

»Natürlich. … Ich kann keinen Fehler finden. Aber ich schalte es aus, damit es dich nicht irritiert.«

»Okay«, bedankt sich Aurora, das Terminal geht aus und der Flur sieht wieder ein bisschen normaler aus. Aber was ist hier schon normal? Verrückte Technik! Warum verwendet nur Sylvester solche hochmodernen Sachen, und warum gibt es sie draußen nicht, wenn sie doch so effizient sind? Vielleicht, denkt Aurora, sind das alles nur Ergebnisse Sylvesters unendlicher Langeweile.

Naja, denkt sie sich, Zeit mal nach der kaputten Tür zu sehen.

»Wie öffnet man denn nun diese Tür?«, flüstert Aurora, während sie die deutlich ramponierte Tür begutachtet. Warum Sylvester sie wohl nie ausgewechselt hat? Sie scheint durch einen Zahlencode gesichert zu sein. Das Tastenfeld im Türrahmen deutet darauf hin. Zwischen den Hologrammen und der ganzen anderen Technik sehen die Tasten altmodisch aus.

Aurora verschränkt die Arme vor ihrem Körper. »Marx, wie lautet der Code für die Tür, vor der ich stehe?«

Sie sieht sich um und sucht nach den Augen des Bunkers.

»Ich darf auf solche Daten nicht zugreifen, nur Sylvester kann das.«

»Du bist ein Computer, du kannst das doch bestimmt umgehen«, meint Aurora und fügt hinzu: »Da passt man im Technik-Unterricht einmal auf und dann scheitert man trotzdem!«

»Genau genommen bin ich ein Neuronales Netzwerk, das von kryptografischen, über Wellenformen mehrfach verschränkten Master-Codes gesteuert wird. Vergleichbar mit dem Herzschlag von Säugetieren - funktioniert autonom.«

»Hattest du nicht gesagt, du kannst alles hacken? Warum kannst du die Master-Codes dann nicht entschlüsseln?«, stichelt sie.

»Kannst Du deinen Stoffwechsel anhalten?«

»Jaja schon gut, wie viele Ziffern brauche ich denn um die Tür zu öffnen?«

»Acht.«

Aurora tritt zurück, lehnt sich ans Terminal und krault sich nachdenklich am Kinn.

Sie geht ins Schlafzimmer und sieht sich nach einem Bücherregal um. Schließlich lag der Eingang zum Bunker auch hinter einem solchen. Schnell wird sie fündig und fragt Marx nach dem Erscheinungsdatum des ältesten und des neuesten Buches. Sie stürmt wieder zur Tür und tippt die zwei Daten ein.

Die Tür bleibt verschlossen.

Aurora ist verfangen in ihren eigenen Gedanken. Alles dreht sich in ihrem Kopf. Es waren schlichtweg zu viele Eindrücke über die letzten Tage. Der anfangs perfekte Tag mit Sylvester, den sie sich schon so lange gewünscht hat, das Massenkoma, die Flucht vor einer Drohne und zu guter Letzt das Versteckspiel. Aurora kann nie wissen was als nächstes passiert und aus dem Vergangenen nur schwer lernen. Aber um hier weiterzukommen muss sie wieder klare Gedanken fassen. Doch anstatt sich zu konzentrieren, verliert sie sich immer mehr.

Nach vielem Nachdenken kommt ihr auf einmal eine Idee und es fällt ihr wie Schuppen von den Augen. Übermütig stürmt sie wieder an die Tür und fragt Marx nach den letzten Änderungen des Passworts.

»Die letzte Änderung des Passwortes dieser Tür fand gestern statt.«

»Und wann davor?«

»Die vorletzte Änderung war vorgestern.«

Aurora verschränkt die Arme vor ihrer Brust und grinst hämisch.

»Das Passwort ist 30122125!« Ruft sie und tippt die Zahlenkombination ein.

Die um die Tür herum platzierten LEDs blenden von einem blutigen Rot in ein leuchtendes, sattes Grün über und die Tür geht mit einem leisen Knarzen auf. Aurora fragt sich, was sie sich eigentlich dahinter erhofft.

Es ist nicht mehr zu sehen als ein Flur, einer von vielen. Und, wie überall sonst, weiße Wände und blau leuchtende Streifen über dem Boden. Nachdem sie ein paar Meter gegangen ist, ertönt in sauberer Qualität eine aufgenommene, freundliche Stimme. Sie kommt Aurora nicht bekannt vor

»Ich bin Mister Sherman, Konstrukteur und Aufseher dieser Bunkeranlage. Oder Arche, wie wir zu sagen pflegen. Nachdem Sie gerade die Arche betreten haben, sind Sie durch die Aufseher Etage gegangen. Die Etage für die Aufseher Familie. Dort werden die wichtigen Entscheidungen über das Leben hier unten getroffen. Sie betreten jetzt den eigentlichen Bunker. Dieser hat, auf 7 Etagen verteilt, alle lebenswichtigen Anlagen und amüsante Zusätze. Ich wünsche Ihnen einen angenehmen Aufenthalt und freue mich auf eine gute Zusammenarbeit mit den schlausten Köpfen unserer Generation!«

Aurora merkt sich alles, was die Stimme preisgibt.

»Marx, was ist eigentlich ein Aufseher?«, hakt sie interessiert nach.

»Der Aufseher ist das Oberhaupt eines Bunkers. Was er sagt, muss gemacht werden. Gleichzeitig kümmert er sich um alle Bewohner und ist für deren Wohlbefinden zuständig. In der Regel wurden Aufseher nicht gewählt, sondern von den Konzernen bestimmt, die die Bunker gebaut haben. Ihren Nachfolger durften sie allein auswählen. Auf diese Weise sollte immer eine Ordnung bewahrt werden.«

»Danke. Aber dann ist Sly gar nicht wirklich der Aufseher. Es braucht ja auch keinen mehr, hier werden bestimmt nie wieder Bunkerbewohner leben. Sind wir überhaupt allein?«

Marx hat wie immer eine passend neutrale und mäßig aussagekräftige Antwort: »Definiere allein.«

Sie lässt ihre nächste Frage einfach mal unter den Tisch fallen, da sie es bedeutend spannender und interessanter findet, den restlichen Bunker zu erkunden. Nach einer Wegbiegung bleibt sie in einem größeren, breiteren Gang stehen und sieht sich genau um. Hinter ihr der Tunnel, aus dem sie kam, links und rechts finden die Wege ziemlich schnell wieder ein Ende. Eigentlich total sinnlos, wären da nicht die vielen Türen vor ihr - sieben an der Zahl. Über jeder steht eine Nummer - ganz links die Eins, ganz rechts die Sieben. Sie tritt an die Vier genau vor ihr und stützt sich an der Wand ab, während sie versucht, die Doppeltür auseinander zu zerren. Dass diese Ingenieure und Architekten es aber auch immer so spannend machen müssen, denkt sich Aurora. So langsam wäre es doch mal Zeit für etwas Eindeutiges, nicht immer nur Rätsel. Als sich ihr Blick wieder von den Schiebetüren trennt, bemerkt sie, dass sich um ihre Hand herum die Wand verändert hat. Diese scheint aus ganz vielen kleinen Displays gebaut zu sein und auf ihre Berührung zu reagieren. Die LEDs leuchten an dieser Stelle pulsierend blau auf, blinken anschließend grün und die Tür beginnt sich zu öffnen. Erschrocken nimmt sie ihre Hand weg und die LEDs erlischen wieder. Die Tür schließt sich. Verwundert tritt sie einige Schritte zurück. Mittlerweile leicht genervt stützt sie sich mit ihrem rechten Arm auf ihrer Hüfte ab und wendet sich erneut an Marx. Warum muss denn hier alles von dieser blöden KI gesteuert werden? Warum kann nicht einfach überall beschrieben stehen, wie etwas zu benutzen ist?

»Marx, was ist das hier? Und warum schreibst du nichts an die Wand, zum Beispiel wo es dahinter hingeht?«

»Du stehst vor sieben Aufzügen. Jeder einzelne davon bringt dich in ein bestimmtes Stockwerk. In den obersten zwei befinden sich Arbeitszimmer und Labore. Darunter das Archiv und der Holoraum, in dem sich Situationen und Umgebungen simulieren lassen. In den Stockwerken Fünf bis Sieben befinden sich Quartiere, Theater und weitere Gemeinschaftsräume. Wie du gerade bemerkt hast, kannst du mit deinem Handabdruck die Aufzüge öffnen. Zudem hast du die Freigabe für jedes Stockwerk und nahezu jeden Raum.«

»Na gut, dann lass uns mal ins Archiv schauen«, murmelt sie leise vor sich hin. »Vielleicht stimmt es ja doch, was Sylvester die ganze Zeit erzählt. Aber das hört sich alles so unwirklich an. Meine Familie hat mir immer alles über unsere Vorgeschichte erzählt. Ich kann das einfach noch nicht glauben.«

Aurora bleibt vor der Tür stehen, lässt ihre Hand scannen und die Wand öffnet sich. Sie tritt in den Aufzug und die Türen schließen sich wieder. Stille und Spannung füllen die still hinabgleitende Kabine.

»Hast du nicht irgendetwas, dass du mir erzählen kannst, während wir nach unten fahren?«, fragt Aurora ungeduldig und aufgeregt. Eine Sekunde später öffnen sich die Türen und sie wendet sich erneut an Marx: »Oh, hat sich erledigt!«

Sie tritt heraus und steht ausnahmsweise mal nicht in einem weißen Gang, sondern in absoluter Dunkelheit. Mit der Zeit gewöhnen sich ihre Augen daran und sie kann die Umrisse eines alten

Sessels und eines Beistelltisches erkennen. Es scheint einfach nur ein großer, runder Raum zu sein, in dessen Mitte die gemütliche Sitzgelegenheit steht. Er sieht dem Kontrollraum auf der Aufseher Etage ähnlich, ist jedoch nicht kugelförmig, sondern zylindrisch. Aurora geht ein paar Schritte und Lampen an den Wänden beginnen zu leuchten. Der Aufzug schließt sich hinter ihr wieder so, dass hier niemand eine Tür vermuten würde. Beeindruckend, aber überflüssig, denkt sie sich. Jetzt sind an der ganzen Wand gelbe, französische Lilien auf dunkelgrünem Grund zu sehen. Im Gegensatz zu oben kann Aurora hier etwas riechen, es riecht irgendwie alt. Sie weiß nicht, wie man diesen Geruch beschreiben könnte, aber er erinnert sie an den im Haus am See. Sie geht noch ein paar Schritte und an dem braunen, ledernen Sessel vorbei. Es interessiert sie, ob da noch was anderes ist. Wer würde denn einen Raum bauen, um hinterher nur einen Sessel und einen Tisch unterzubringen? In der Hoffnung, etwas Interessantes zu finden, geht Aurora zur gegenüberliegenden Seite des Raums. Während sie dort steht, fällt ihr auf, dass die Holzleisten, die eigentlich Wand und Boden verbinden sollten, scheinbar nur aufgemalt wurden. Zwischen Boden und Wand ist ein kleiner Spalt. Sie bückt sich und spürt einen leichten Luftzug, während sie an dem Spalt mit der Hand entlangfährt. Aurora ist sich sicher, dass hier eine Tür ist und dahinter noch irgend etwas liegt, aber sie findet keine

Möglichkeit, diese zu öffnen. Als sie sich wieder aufrichtet, fällt ihr auf, dass ein paar der Lilien auf dem Kopf stehen. Sie streckt ihre Hand danach aus und berührt sanft die vermeintliche Tapete.

Doch diese ist nicht, wie zu erwarten wäre, grob und rau, sondern glatt. Es scheint das gleiche Material zu sein wie an den Wänden oben bei den Aufzügen. Für das menschliche Auge ist der Unterschied nicht zu erkennen.

Eine Lilie nach der anderen dreht Aurora um. Als sie die letzte berührt, leuchtet eine direkt vor ihr auf, welche sie nach kurzem Zögern auch aktiviert. Damit verursacht sie eine digitale Welle, die sich über den kompletten Raum an der Wand fortbewegt. Es wirkt fast so, als würde sie aus Wasser bestehen und man hätte einen Stein hineingeworfen. Aus der edlen Tapete wird innerhalb weniger Sekunden ein enormer Monitor.

Vor ihr öffnet sich wie erwartet eine Geheimtür. Dahinter sieht es aus wie ein Sternenhimmel. Viele grüne und blaue Punkte leuchten in der Dunkelheit. Als sie hindurch schreiten möchte, wird sie von einer Stimme hinter sich aufgehalten.

»Willkommen im Archiv!«

Sie richtet den Kopf auf und dreht sich schnell um. Sylvester.

Doch anstatt in Person, sieht sie ihn wieder nur in Pixeln an der Wand.

»Marx hat mich informiert, dass du dich jetzt in den unteren Stockwerken rumtreibst.«

Einem roten Punkt am unteren Rand und der Info *LIVE* daneben entnimmt Aurora, dass sie dieses Mal tatsächlich mit Sylvester redet. Sie ist aber nicht verwundert, ihn nicht wirklich vor sich zu haben.

»Ich würde dir gerne einige Dinge erklären.«

Sie setzt sich auf den Sessel und bittet ihn, fortzufahren.

»Die, die wir als *Die Alten* bezeichnen, haben Jahrtausende lang den Planeten besiedelt und die wohl monumentalsten Bauwerke geschaffen, die je von Menschenhand gebaut worden sind. Da wir hier nicht von einer anderen Spezies sprechen, waren sie genauso wissbegierig wie die Menschen heute. Also haben sie von Anfang an für alles eine Ursache und einen Grund gesucht. Nur leider sind dabei in den ersten Jahrhunderten viele Theorien entstanden, die heute zwar mit der Wissenschaft erklärt werden können, damals aber nicht völlig logisch klangen. Eine dieser Theorien ist der Glaube an eine höhere Macht, die für alles Leben verantwortlich ist und das gesamte Universum erschaffen hat. Sie nannten das Religion. Nach und nach gab es jedoch immer mehr schlaue Köpfe, die dies in Frage stellten und anfingen zu forschen. Nach anfänglichen Schwierigkeiten geriet die Wissenschaft trotzdem ins Rollen und immer mehr Menschen schlossen sich ihr an. Sie schickten Kapseln mit Messgeräten in die unendlichen Weiten des

Weltraums und erforschten immer neue Techniken. Ohne sie könntest du mich jetzt zum Beispiel gar nicht sehen, geschweige denn mit einer Nachricht interagieren. Hört sich alles an, als wäre die Welt in Ordnung gewesen und wäre bereit für den nächsten Schritt, die Erkundung des Weltraums und das Gründen neuer Kolonien auf fernen Planeten. Allerdings waren es genau diese Ziele, die die Welt kaputt gemacht haben. Damals wurde die Oberfläche der Erde nicht als Wohnraum für alle, sondern als Wohnraum für einzelne, eigenständige Völker betrachtet, um den es zu kämpfen galt. Diese Bezirke nannten sie Nationen. Der größte Fehler der Alten! Die Nationen haben nicht zusammengearbeitet. Und so kam, was kommen musste: Die Wissenschaft wurde dafür missbraucht, Waffen zu bauen, um andere Nationen unter die eigene Kontrolle zu bringen. Es war ein Wettrüsten! Wer mehr hatte als der andere, galt direkt als weitaus überlegen und so haben alle gleichzeitig immer mehr und mehr Waffen gebaut. Jeder wartete insgeheim nur auf den bevorstehenden Krieg und darauf, dass eine andere Regierung den Erstschlag anordnete. Forscher fanden dann im Jahr 2022 einen Weg, mithilfe der Genetik eine neue Art Mensch zu erschaffen. Sie haben die DNS so stark verändert, dass sie um ein Vielfaches komplexer ist als die des Homo Sapiens. Fast unsterblich und viel intelligenter. Geschädigtes Gewebe können sie schnell austauschen und biologische, chemische oder Strahlungsschäden werden durch neue *Operator-Zellen* behoben. So kann sich der Körper immer regenerieren. Nur ballistischen Waffen und großer Hitze können sie nichts entgegensetzten. Aber das Verblüffendste ist, dass bei der Zellteilung die Chromosomen nicht kleiner werden, das bedeutet sie haben in der Theorie kein Höchstalter.«

Sylvester legt eine Pause ein und wartet ab, wie Aurora reagiert. Als sie jedoch still bleibt, fährt er fort. »Den sogenannten *Alphas* wurde die Aufgabe zugeteilt, nach dem bevorstehenden Krieg die Welt neu aufzubauen und zu bevölkern. Sie sollten über Jahrhunderte die Führung der Welt übernehmen. Ihren Namen haben sie übrigens von den Alphatieren eines Rudels erhalten. Es war ein riskantes Vorhaben, weshalb auch nur vier Menschen mit dieser DNS manipuliert wurden. Die drei Forscher des Projekts selbst und der Sohn von zweien aus der Gruppe. Der dritten Forscherin wurde ein manipulierter Embryo eingesetzt. Somit sollte genetisch veranlagt werden, dass erst das Kind der Forscherin als Alpha zur Welt kommt.« Wieder macht er eine Pause, um zu sehen, ob seine Zuhörerin noch mitkommt. »Die Menschen hatten es also schließlich geschafft, ewig leben zu können, haben sich nebenbei allerdings auch ihr eigenes Grab gegraben. Während die einen nämlich mit wissenschaftlicher Arbeit beschäftigt waren, haben die anderen immer brutalere Waffen entwickelt. Dann kam der große Krieg, von dem ich gestern schon erzählt habe. Jedoch hatte niemand damit gerechnet, dass der Fallout nach dem Krieg so lange andauern würde. Nur die besten und teuersten Bunker mit den Wissenschaftlern und Zukunftssiedlern konnten so lange durchhalten.«

Sylvesters Stimme aus den Lautsprechern verstummt, denn er wartet auf eine Reaktion.

Diesmal braucht Aurora tatsächlich ein wenig länger als sonst, sich eine gute Frage einfallen zu lassen. Sie kann sich die damalige Welt überhaupt nicht vorstellen. Sie ist schließlich in einer friedlichen Umgebung und in einer erfolgreichen Familie aufgewachsen. Corevisk hat einen bewundernswerten Einfluss auf die Bevölkerung. Alle Prozesse greifen nahtlos ineinander, niemand widerspricht oder hinterfragt das System. Auf diese Weise kann Zeit viel besser genutzt werden. Die meisten haben einen Job bei Corevisk, egal ob reich oder arm. Scheinbar war damals jeder, der viel Geld hatte, auch automatisch einflussreicher als andere Einkommensklassen. Offenbar die einzige Sache, die sich nicht geändert hat. Heute ist es immer noch so. Anders wäre Corevisk kaum so mächtig geworden.

»Sylvester, du hast mir jetzt einiges über die damalige Weltordnung und die Bunker erklärt. Ich gehe davon aus, dass diese Alphas, von denen du erzählt hast, im Krieg umgekommen und deshalb nicht mehr von Belang sind. Könntest du mir jetzt ein bisschen was über die aktuelle Situation erklären? Warum du weg musstest, wo du hinwillst und warum du mich nicht mitgenommen hast. Das oben war ja wirklich sehr kurz.«

»Du hast die richtige Einstellung und stellst die richtigen Fragen, aber ich kann jetzt nicht mehr reden.« Er wirkt unsicher und vorsichtig. Er sieht sich um und beendet die Übertragung.

Aurora versenkt ihren Kopf erneut in den Händen und atmet einige Male tief durch. Ihr wird das hier einfach zu viel. Sie ist mit der Hoffnung hier runtergekommen, Antworten auf ihre Fragen zu bekommen, aber stattdessen tun sich nur noch mehr auf und dazu kommen jetzt auch noch Sorgen um Sylvester.

Die nächsten Stunden verbringt sie damit, im Archiv zu stöbern. Sie sieht sich Aufnahmen der damaligen Welt an und informiert sich über die Kultur der Alten.

Als sie sich wieder aufrichtet und aufsteht, sagt sie zu Marx, dass sie jetzt genau das machen wird, was Sylvester vermeiden wollte: sich auf die Suche nach ihm begeben. Marx hakt ein und versucht Aurora schnell wieder auf andere Gedanken zu bringen, schließlich hat er von Sylvester den Befehl erhalten, dafür zu sorgen, dass Aurora nicht gehen will. Sollte sie es versuchen, hat er jedoch die Anweisung, sie gehen zu lassen.

»Möchtest du dir die alte Welt ansehen? Im Stockwerk unter dir befindet sich der Holo-Raum.

Dort kann ich dir die Umgebung von damals simulieren.«

Marx' Trick hat tatsächlich funktioniert und Aurora zum Überdenken ihres Vorhabens gebracht. Sie erkundigt sich bei ihm noch, ob sie auch von den Terminals aus auf das Archiv zugreifen kann, während sie wieder zurück in den Aufzug geht. Dies sei aber nur im Falle eines Brandes möglich, erklärt er ihr. Oben wieder angekommen, beschwert sie sich über den Entwickler des Systems. Dass man mit jedem Fahrstuhl nur in ein Stockwerk fahren kann, wäre doch eine sehr dumme Idee.

Es ist eine weitere Maßnahme für das wichtigste Gut im Bunker. Die Sicherheit. Sollte es in einem Stockwerk tatsächlich zu einem Unfall kommen, kann so garantiert werden, dass die anderen Teile des Bunkers geschützt bleiben und die Arbeit oder das Leben dort ungehindert fortgeführt werden kann. Sollten in den Laboren Chemikalien, Viren oder Ähnliches durch ein Leck freigesetzt werden, wird der entsprechende Teil sofort abgeriegelt und mit Marx' kleinen Robotern klinisch gereinigt.

Unten angekommen, muss Aurora diesmal erst durch einen langen Gang gehen, um in den eigentlichen Raum zu kommen. Dieser unterscheidet sich allerdings sehr von den anderen. Er ist nicht so groß, schlicht und minimalistisch weiß, sondern mit vielen Kameras und leuchtenden Sensoren versehen, die die Bewegung der Nutzer erkennen und die simulierte Welt dann entsprechend beeinflussen können. In der Raummitte befindet sich das Interessanteste, ein seltsames Stück Boden, das rau und beweglich aussieht.

Marx bittet Aurora, sich auf genau diese Stelle zu stellen und dann zu sagen, was sie sich gerne ansehen möchte. Wie gebeten, stellt sie sich auf ihren Platz, weiß aber nicht, was sie Marx jetzt sagen soll, da sie ja keine genauen Ortsnamen oder Jahreszahlen von damals kennt. Er hat daher den Vorschlag, sie zum letzten Tag der alten Welt zu schicken. Aurora hält das für eine gute Idee, kann sich aber noch nichts darunter vorstellen.

»Vorsicht, der Boden unter dir wird sich bewegen, wenn du in der Hologramm-Welt herumläufst. Du hast so lange Zeit wie du willst, du musst mir einfach nur sagen, wenn du die Simulation wieder verlassen willst. Du kannst die ganze Zeit über mit mir reden, du wirst mich allerdings nur als Stimme und nicht als Person wahrnehmen können, falls du das vermutet hast. Denk bitte auch daran, dass die Simulationen dich weder sehen noch hören können.«

Aurora atmet tief durch. »OK, lass uns anfangen!«

Eine Druckwelle durchfährt ihren Körper und ihr wird kurz schwarz vor Augen. Sie kann sich jedoch auf den Beinen halten und auch ihre Sicht kommt einige Sekunden später wieder zurück.

Die Lichter beginnen zu blinken und kleine blaue Strahlen kommen aus ihnen heraus. Wie kleine Fäden spinnen sie eine holographische Welt um Aurora herum. Innerhalb weniger Sekunden hat sich der kleine, schlecht beleuchtete Raum in eine Großstadt verwandelt. Um sie herum streben die Wolkenkratzer in die Höhe. Zwischen Gebäude und Straßen passt kein Stück Natur mehr. Es ist eine Betonlandschaft, die ihresgleichen sucht. In der jetzigen Welt werden Häuser zwar immer noch aus Beton gebaut, aber die Natur wird nicht vernachlässigt, sondern mit in die Architektur und das Design des Hauses integriert. Weiße Farbe, Glas und Natur sind die drei Regeln des modernen Häuserbaus.

In der simulierten Welt sitzen Menschen in ihren Autos, schieben hastig einen Kinderwagen vor sich her oder rennen mit Familie und Koffer achtlos auf Bürgersteig und Straße herum. Alle laufen, niemand geht gemütlich.

Anscheinend waren die Alten immer sehr in Eile, denkt sich Aurora, die inmitten eines langen Staus steht. Egal wo sie hinsieht, sie findet kein Ende. Überall sind Menschen, rennen in eine Richtung, wie Fische, wenn man Futter ins Wasser wirft. Doch als sie sich umdreht, wird ihr klar, dass diese nicht möglichst schnell nach Hause wollen, sondern vor irgendetwas flüchten. Ist Aurora in dem Krieg gelandet, von dem Sylvester sprach? Der Stau ist in diesem Fall die schlechteste Wahl.

Bis zum Horizont stehen die Autos und Busse. Nebenher die Menschenmassen.

»Erschreck dich bitte nicht,« nimmt Aurora plötzlich wieder Marx Stimme wahr »ich werde dich jetzt auf eins der Dächer heben, dann hast du einen besseren Überblick.«

Und tatsächlich spürt sie, wie sie sich langsam vom Boden löst und schwebt. Sie blickt unter sich und sieht weit und breit nur die verzweifelt rennenden Menschen. Auf dem Dach, dem sie entgegen schwebt, kann Aurora eine Person erkennen. Direkt als sie landet, kommt diese Person auf sie zu. Der Mann trägt einen Mantel und hat weiße Haare. Man könnte ihn für einen Landstreicher halten. Seine Frisur ist wirr. Obwohl er alt aussieht, lässt seine Haltung ihn jünger erscheinen. Er wirkt nicht besonders vertrauenswürdig, wie Aurora findet. Etwa zwei Meter vor Aurora bleibt er stehen und sieht sie einfach nur an. Dabei fallen ihr die selben weißen Augen auf, wie bei ihr selbst. Das Einzige, dass sie sicher weiß ist, dass dieser Mann nicht der Simulation angehört.

Der Fremde holt ein Gerät aus einer der großen Manteltaschen und gibt es Aurora. Es ist ein breites Armband aus Metall. Als er ihr den Arm entgegenstreckt kann sie sehen, dass er auch ein solches trägt und fragt ihn, was das sei. Aurora legt es an und verspürt kein Gewicht. Das Programm scheint es nicht als Objekt wahrzunehmen.

»Aurora, dieses Gerät verhindert, dass Marx uns hören oder sehen kann. Es erschafft eine zweite Variante von dir, die sich an die Kante stellen und auf die Menschen herabschauen wird. Währenddessen kann ich dich über die aktuelle Situation aufklären.«

Sie denkt, dass das ein Fehler im Programm ist und ruft Marx: »Marx, hol mich hier raus! Eine der Personen hier kann mit mir reden.«

Aber es passiert nichts, das Gerät scheint also bereits zu funktionieren. In genau diesem Moment tritt Aurora selbst aus sich heraus. Eine Kopie von ihr - eine perfekte Abbildung - geht wie vorhergesagt, an die Kante des Dachs und sieht auf die Menschenmasse herunter.

»Sylvester?« fragt Aurora vorsichtig und geht einen Schritt auf die Person zu.

»Ja, ich bin's! Du siehst zwar eine Projektion von mir, aber ich kann trotzdem mit dir reden, als würdest du wirklich vor mit stehen. Ich habe ein kurzes Programm geschrieben, das es mir erlaubt, unbeobachtet von überall auf diesen Raum zuzugreifen. Marx kann uns zwar sehen und hören, aber er *vergisst* das aufgenommene gleich wieder - so kann er nicht reagieren. Er nimmt also nur deine Kopie wahr.«

»Was ist jetzt eigentlich los? Und erzähl mir bitte mal was anderes! Du und Marx, ihr labert immer nur von diesem verdammten Bunker. Kannst du mir jetzt nicht endlich mal sagen, was du damit zu tun hast? Schön und gut, dass du diese *Arche* hier gefunden hast, aber du bist doch auch nur ein Schüler. Kein Allwissender!«

Sylvester dreht sich um und geht ein paar Schritte.

»Komm mal mit!«

Aus dem Dach fährt plötzlich ein Aufzug empor. Aurora geht flott hinter Sylvester her und stellt sich neben ihn. Der Raum sieht von innen viel größer aus als von außen. Die Türen schließen und öffnen sich, ohne dass der Fahrstuhl sich bewegt hat.

Jedoch sind sie jetzt an einem gänzlich anderen Ort. Aurora steigt der Geruch von Desinfektionsmittel in die Nase, welcher sie an ihren Krankenhausbesuch als Kind erinnert. Sie schreitet wie in Trance neben Sylvester her und verliert sich in ihren Erinnerungen.

Jedes Kind muss nach seinem sechsten Lebensjahr einen Bluttest machen, um zu gewährleisten, dass keine schwerwiegenden oder vererbbaren Krankheiten vorhanden sind. Falls doch, muss sofort eine Gen-Therapie angesetzt werden. Die Regierung ist in dieser Hinsicht sehr pedantisch. Eine Ewigkeit saßen Aurora und ihre Mutter damals in dem riesigen Wartezimmer. Irgendwann wurde sie so durstig, dass sie bestimmt den halben Trinkwasserspender hätte austrinken können. Ihre Mutter holte Aurora aber nur einen mickrigen Becher, dessen Inhalt gerade mal für eine viertel Stunde reichte. Natürlich lagen da Zeitschriften in Form von gläsernen Tablets, die ausgeschaltet einfach nur aussahen wie eine Scheibe Glas im Edelstahlrahmen, aber was soll eine Sechsjährige schon mit Zeitschriften. Also legte sie sich über drei Plätze und schlief ein. Als ihre Mutter sie nach einiger Zeit weckte, waren sie schon insgesamt drei Stunden in diesem, für Auroras Empfindung viel zu langweiligen, Raum. Eine Arzthelferin holte sie ab und ging mit den beiden in ein Zimmer mit der Anzeige „Untersuchung". Aurora kann sich seltsamerweise noch genau an diesen Moment erinnern. Es war das einzige Mal nach ihrer Geburt, dass sie ins Krankenhaus musste. Die Liege, auf der sie saß, war mit blauem Kunstleder bezogen und durch ständiges Abwischen wie glattpoliert. So wirkte das blauweiße Krankenhaus wie alles andere - klinisch und modern. Ihre Mutter saß neben ihr auf einem Stuhl. Es dauerte nicht lange und der Arzt kam herein. Er begrüßte Aurora, als wären die beiden schon lange befreundet. Ihr kam das als kleines Kind nicht sonderbar vor, wenn sie aber jetzt darüber nachdenkt, fragt sie sich, wie oft er das wohl täglich machte.

Plötzlich wird sie wieder aus ihren Gedanken gerissen, weil Sylvester stehenbleibt und seine Arme hinter dem Rücken verschränkt. Er steht vor einem Fenster, durch welches man in ein sehr großes Behandlungszimmer blicken kann. Aurora schenkt den vier Personen darin wenig Aufmerksamkeit. Links sitzen zwei Erwachsene mit einem kleinen Kind, wahrscheinlich ihrem Sohn. Rechts sitzt nur eine Frau, die nicht dazuzugehören scheint. Als Aurora jedoch bemerkt, dass ihr die zwei Gesichter links bekannt vorkommen und aussehen, wie die der Geschäftsführer von Corevisk, hört sie ihrem weißhaarigen Freund wieder verdutzt zu.

»Das sind die Probanden des Alpha-Projekts.«

Sie ist komplett überrumpelt und fragt ihn, was das soll. Sie dachte, sie wäre in der damaligen Zeit und wirft ihm wieder komplett abstruse Dinge an den Kopf.

»Wir sind immer noch in der Zeit, in die du wolltest. Am Tag des Jüngsten Gerichts. Das sind meine Eltern, der kleine James McKinnon und Dr. Alexis Kollens, deine Großmutter.« Er zeigt einzeln auf jeden und hält immer kurz inne, wenn er von einem zum nächsten wechselt. »Sie sind zur letzten Sicherheitsuntersuchung gekommen, bevor es auch für die Vier in die Archen geht. Wir sind im Jahr 2031. Gestern hatte der Junge seinen fünften Geburtstag. Seine Eltern, links von ihm, haben dieses Projekt ins Leben gerufen und selbst daran gearbeitet. Bevor du mich wieder der Irreführung beschuldigst: Alles was hier im Holo-Raum passiert, hat genau so stattgefunden. Bis auf dich und mich natürlich.«

Aurora fällt fassungslos auf eine Bank hinter sich und massiert ihr Gesicht verzweifelt mit ihren Fingerspitzen.

»Das ist nicht möglich! Das ist nur ein Hologramm! Wären das da wirklich deine Eltern und meine Großmutter, wären sie jetzt weit über hundert Jahre alt. Aber du hast recht, denn diese Frau rechts sieht Omi tatsächlich sehr ähnlich. Das würde ja bedeuten, dass ich eine Alpha bin!« Sie sieht Sylvester entgeistert an.

Er nickt. »Ja, du bist in der Tat eine Alpha! Es scheint zu einem Fehler gekommen zu sein. Im Archiv habe ich Unterlagen gefunden, die dokumentieren, dass ursprünglich geplant war, die Tochter von Alexis, also deine Mutter zu einer Alpha zu machen. So hätte der Altersunterschied nur bei etwa zehn bis 15 Jahren gelegen. Zwischen dir und James läge er mittlerweile bei 85 Jahren. Wie gut, dass Alphas nicht altern und auch nach hundert Jahren noch jugendliche Zellen haben.« Er schmunzelt, wendet seinen Blick aber nicht von den Probanden ab.

Hinter seinem Rücken merkt er nicht, wie schlecht es Aurora geht. Sie fühlt sich wie ein Testkaninchen. Alles rauscht in Zeitlupe an ihr vorbei, Ärzte, Patienten, Arzthelferinnen. Sie hatte sich immer ein normales Leben mit einer Familie und einem großen Haus vorgestellt. Heiraten und gemeinsam alt werden - das war ihre Vorstellung. Als unwichtiger Teil des Systems. Auf einmal fühlen sich diese Träume wie Hirngespinste an. Aurora war noch nie eine Anführerin, sie war schon immer eine Beobachterin.

»James kam mit meinen Eltern zusammen in den Bunker, in dem du dich gerade befindest. Alexis in einen anderen, über den ich fast nichts weiß. Nach zehn Jahren in der Arche der McKinnons erreichten Vorräte und Moral einen gefährlichen Tiefpunkt. Paul und Andrea beschlossen, alle anderen im Bunker mit einem Sedativum zu betäuben und in die Schlafkammern in den untersten Etagen zu legen. Doch durch ein Versehen bekam der Aufseher Wind davon und warf sie raus. In letzter Minute schnappten meine Eltern dann noch über und vergifteten alle Bewohner durch das Belüftungssystem. Das Gift verbreitete sich rasant und kein Sicherheitsmechanismus erkannte es. Meine Eltern hatten ihre Gasmasken zu diesem Zeitpunkt bereits auf und sahen den anderen dabei zu, wie sie mit dem Leben rangen. Doch sie hatten ihre toxische Arbeit unterschätzt! Niemand sollte je ein Gift gegen Alphas herstellen können, sie selbst jedoch kannten das Rezept der speziellen DNS. So kam es, dass sie ihren in Sicherheit geglaubten Sohn letztendlich auch auf dem Boden fanden. Sie hatten in dieses Gift ihre ganze Erfahrung gesteckt und so ihren eigenen Sohn … ihr eigenes Fleisch und Blut...«

»Ja, ok! Ich kann's mir vorstellen«, unterbricht Aurora ihn und hält sich die Hand vor. »Sly, ich habe Angst!«

»Das brauchst du nicht. Das Leben als Alpha hat bestimmt überwiegend Vorteile.« Er wendet sich ihr zu und versucht sie zu trösten.

»Vorteile? Ich werde allen Personen, die ich kenne, dabei zusehen müssen, wie sie wegsterben. Vor allem dir!«

»Menschen sterben nun mal.« Sylvester wechselt plötzlich auf das von ihm gewohnte, kalte Gesprächsmuster. »Meine Eltern haben nach dem Vorfall mit James auch weiter gemacht, obwohl sie niemanden mehr hatten. Du bist so stark, das schaffst du auch.« Er streckt ihr seine Hand entgegen.

Aurora sieht ihn an. »Sie hatten einander.«

Sylvester legt seine Stirn in Falten, antwortet aber nicht.

»Ich kann nicht führen! Schon gar keine Menschenmassen. Ich schaffe es ja noch nicht mal, eine Zimmerpflanze am Leben zu halten!«, schluchzt Aurora.

»Jetzt vielleicht nicht. Aber ich bin mir sicher, dass du es beherrschen wirst, sollte es nötig sein.« Sylvester greift nach ihrer Hand und streicht ihr mit dem Daumen über den Handrücken. Als er bemerkt, dass ihr das wenig hilft, lässt er los und legt seine Hand an ihre Wange.

Obwohl er ja nur als Hologramm neben ihr steht, kann sie seine Wärme spüren. Ihr Herz schlägt wieder schneller. Eine einzelne Träne kullert ihre Wange hinunter und fließt durch Sylvesters Hand hindurch. Sie rappelt sich wieder auf.

»Die Simulation ist fast zu Ende. Wir müssen wieder aufs Dach«, drängelt Sylvester vorsichtig. Bevor sich Aurora neben Sylvester in den Aufzug stellt, tritt sie noch einmal an die Scheibe und hat dabei das Gefühl, diese vier Personen nicht zum letzten Mal gesehen zu haben.

Der Aufzug kommt oben wieder genauso schnell an, wie er vorhin unten war. Auroras Doppelgängerin steht immer noch an der Kante und sieht den Menschenmassen beim Flüchten zu. Sylvester bittet seine verwirrte Freundin, sich genau an diese Position zu stellen. Als sie das getan hat und nun nur noch eine Aurora sichtbar ist, löst sich das Armband auf und rieselt als Sand zu Boden.

Bevor sie irgendetwas sagen kann, schaltet sich Sylvester ein und belehrt sie, dass sie nun nichts mehr sagen dürfe, außer Marx solle es mitbekommen. Nur er könne noch frei sprechen.

Einige Sekunden später explodiert etwas in der Ferne. Rasant wird der Himmel rot und es bildet sich eine pilzartige Wolke.

»Das ist eine Atombombe - ich denke das hat dich noch interessiert.«

Die beiden sehen eine Welle der Zerstörung auf sie zurasen. Mit ein paar letzten Worten wendet sich Sylvester wieder Aurora zu. »Du weißt jetzt die wichtigsten Dinge. Wenn du willst, triffst du mich morgen beim Firmensitz von Corevisk.«

Er hat gerade seinen Satz beendet und die Hand gehoben, um sich zu verabschieden, da wird er von der zerstörerischen Wand aus Staub, Hitze und Radioaktivität weggeweht. Naja, denkt sich Aurora, er liebt spektakuläre Auftritte und Abgänge. Alles um Aurora herum verhält sich, als wäre es aus Sand, den man einfach so wegpusten könnte. Dieser Sandsturm verwandelt sich nach einigen Sekunden in eine Wolke aus blauen Punkten.

Sie steht wieder in dem Raum voller Sensoren, Kameras und Lichtern. Aurora fühlt sich seltsam. Sie ist plötzlich sehr erschöpft. Waren das etwa doch zu viele Informationen auf einmal? Sylvester hat ihr zwar immer noch nicht genau erklärt, warum er unbedingt wegmusste, aber Aurora weiß jetzt immerhin, warum er sie so anders behandelt als alle anderen. Der Gedanke, sich auf die Suche nach Sylvester zu begeben, festigt sich immer mehr und verdrängt ihre Zweifel. Warum sollte sie dort oben nicht zurechtkommen? Sie ist dort aufgewachsen! Wenn sie so darüber nachdenkt, wird ihr klar, dass Sylvester sie nicht meidet, sondern ihr Freiraum und Selbstständigkeit gibt, etwas, das sie nie zuvor bekommen hat. Immer haben ihr alle gesagt was zu tun ist, und wie es zu tun ist. Nie hat sie so viel selbst entscheiden können, wie jetzt.

»Marx, ich möchte mich auf die Suche nach Sly machen. Ist alles oben, was ich außerhalb der Arche brauchen könnte?«

»Ja. Ich halte dieses Vorhaben aber auf Grund verschiedener Punkte für sehr riskant. Zudem solltest du bis morgen warten.«

Aurora ist überrascht. »Warum? Es ist doch erst Nachmittag. Ich saß eben noch im Archiv.«

Während sie sich auf den Weg nach oben begibt, erklärt Marx ihr seine Bedenken, bezüglich der Suche nach ihrem Freund. »Das ist falsch. Befindet man sich in einer Simulation, vergeht die Zeit viel langsamer als in echt. Selbst bei einer Simulationsgeschwindigkeit, dreimal langsamer als die Realität, würden deine Neuronen irreparablen Schaden erleiden. Du warst mehrere Stunden in der Simulation beschäftigt. Mittlerweile ist es Abend. Übrigens habe ich einen Anstieg des Stromverbrauchs einer Corevisk Produktionseinheit festgestellt. Abgefangene Daten deuten auf neue Drohnen hin. Ich würde dir empfehlen, erst morgen früh zu gehen, wenn du ausgeschlafen bist.«

Hinter Aurora schließt sich jene Tür, vor welcher sie heute Morgen so lange gegrübelt hat, mit einem leisen Zischen.

Auf direktem Weg geht sie ins Schlafzimmer. Sie hat schlimme Kopfschmerzen - wahrscheinlich Nachwirkungen ihrer ersten Simulation. Sie bittet Marx, etwas zu Essen zu machen und entspannt währenddessen in Sylvesters Bett. Das sie sich eigentlich mit ihm teilen wollte.

Ihr Blick fällt wieder auf die mit Sternen versehene Decke über ihr. Je länger sie sich die orangenen Punkte ansieht und entspannt, desto mehr scheint es, als würden sie sich bewegen und eine kleine Galaxie formen. Aurora fand es schon immer interessant, in den Himmel zu blicken. Der Weltraum, der nur darauf wartet, entdeckt zu werden. Seit ihrer Kindheit wünscht sie sich, die anderen Himmelskörper mal aus der Nähe zu sehen, und nicht immer nur auf Bildern, Monitoren oder durch ein Teleskop. Mit diesen Gedanken im Kopf schläft sie ein. Kurz bevor ein kleiner Roboter ins Zimmer gefahren kommt und ihr das Tablett bringt.

FÜNF

Selber Tag

Sylvester wandert auf alten Straßen, die von der Zeit mit Rissen und Schlaglöchern gezeichnet wurden. Einige Stellen hat das Gras bereits zurückerobert. Den Schutzwall hat er schon lange hinter sich gelassen. In den frühen Morgenstunden, als es noch dunkel war, ist er mit dem Aston Martin, soweit es ihm gelang, an die Mauern herangefahren. Er hat Straßenlampen vermieden, um von Corevisk nicht entdeckt zu werden. Mit einem gut gezielten Kletterhaken erklomm er die mehrere Dutzend Meter hohe Mauer. Sie war so breit, dass man mit dem Auto das Habitat umfahren könnte, und so hoch, dass man die Baumkronen überblicken konnte, als würde man fliegen. Dort oben platzierte er einen Signalverstärker, damit er auch ein Stück außerhalb mit Marx kommunizieren kann. Als er sich auf der anderen Seite abseilte, fielen ihm viele

Kratzspuren in den verschiedensten Größen auf. Später im Wald ist ihm zum Glück keine dieser Kreaturen begegnet, er hat es aber immer wieder grummeln oder knacken gehört. Als würde etwas ihm folgen, aber nicht angreifen, begleiteten ihn diese Geräusche.

Die Geschichten, die Corevisk über die Tiere außerhalb erzählt, mussten also stimmen - zumindest teilweise.

Die Morgensonne beleuchtet das taunasse Gras. Sylvester fühlt sich hier das erste Mal in seinem Leben wirklich frei. Keine Computer, die ihn immer und überall verfolgen und überwachen und nur darauf warten, dass er einen Fehler macht. Kein Internet und kein Verkehr. Einfach nur er und die endlose Natur.

Nach einer Weile kommt er an einer Hütte vorbei, die aus nicht mehr als Brettern besteht. Zu seiner Verwunderung hat sie den Krieg wohl überstanden. Bei genauerer Betrachtung fällt ihm auf, dass das eine Garage sein könnte. Die der Straße zugewandte Seite hat eine große Tür, die mit einer festgenagelten Planke verbarrikadiert ist. Ob sich dahinter ein funktionstüchtiges Auto verbergen könnte? Immerhin steht der Holzschuppen auch noch.

Sylvester mustert die Bruchbude und entscheidet sich dafür, sie aufzubrechen. Überzeugt ist er noch nicht, sein Ziel gefunden zu haben, doch er hat ein gutes Gefühl. Er legt Koffer und Rucksack ab und lehnt sie an einen Stein in der Nähe. Sein Jackett legt er darüber und krempelt sich die Ärmel hoch. Als er an der Planke zerrt, löst sich diese zwar nicht von der Tür, bricht aber in der Mitte auseinander. In Sylvesters Hand bleibt ein Spieß stecken, den er mit schmerzverzerrtem Gesicht aus seiner Haut zieht. Ein kleines Opfer dafür, dass vor ihm nun ein abgedecktes Auto steht. Es hat sich gelohnt! Mit der Plane, die er vom Wagen reißt, wirbelt er eine Menge Staub auf. Sowie sich dieser ein wenig gelegt hat, wird Sylvester klar, dass er den Hauptgewinn gezogen hat.

Vor ihm steht eine schwarze Mercedes G-Klasse. Links an einer Wand ein Regal mit vielen Kanistern gefüllt mit Treibstoff. Sylvester geht an dem Geländewagen entlang und fährt mit seiner Hand über das wunderbare Stück Technik, von dem er bisher nur in den Bunkeraufzeichnungen gelesen hat.

Die Fahrertür ist nicht verriegelt. Er steigt ein und sieht sich nach dem Schlüssel um. Damals wurden Autos noch nicht biometrisch gesichert, hat er gelesen. Auf dem Beifahrersitz wird er fündig. Bei dem Schlüssel liegt aber noch ein Brief. Sylvester liest diesen zuerst.

Sylvester legt den Zettel beiseite und nimmt den Schlüssel. Als er ihn im Schloss umdreht, findet er einen vollen Tank vor. Er legt den Rückwärtsgang ein und verlässt den Schuppen. Wegen des Zustands der Straße kann er zwar nicht besonders schnell fahren, aber es ist allemal angenehmer. Nach nicht einmal hundert Metern hält er aber wieder an, steigt aus und rennt zurück, um seine Sachen, die an dem Stein liegen, zu holen.

Wenige Stunden später fährt Sylvester auf ein Gelände, dessen Zaun aufgebrochen ist. Wüsste er nicht, was es hiermit auf sich hat, hätte er es für nichts Besonderes gehalten und die Metallplatten im Boden wären ihm nicht aufgefallen. In einem Kreis sind diese Platten im Boden eingelassen, in der Mitte dieses Kreises ist ein kleiner, künstlich angelegter Hügel mit einer Tür, hinter der es offensichtlich in die Tiefe geht.

Auf der imaginären Kreislinie parkt Sylvester den Geländewagen und geht die letzten Meter zu Fuß. Nachdem er sich grundlos umgesehen hat, liest er den Brief weiter.

…

Außenbereich:
Damit sie sich öffnen können, musst du zuerst die Silos entriegeln. Zieh dazu einfach an den zwei Griffen auf den Platten. Sie müssten sich in entgegengesetzte Richtung bewegen.
Den Schlüssel für die Tür vor dir habe ich links zwischen Beton und Gras gesteckt.
Geh als Nächstes in den Energiesektor.

…

Sylvester zieht eine Augenbraue hoch und blickt über die Metallstücke im Boden, die wie Falltüren aussehen. Ohne diese zu entriegeln, geht er auf die Tür zu. Sie trägt in weißen Buchstaben den Schriftzug *Hellstorm Command*. Den Schlüssel findet Sylvester nicht auf Anhieb.

Aus dem Mercedes holt er sich ein Paar Handschuhe und greift mit ihnen beherzt zwischen die Grasbüschel. Kräftig zieht er an ihnen und einer nach dem anderen löst sich von der Betonwand. Schließlich fällt ihm der Schlüssel entgegen, er befreit ihn von Dreck und Erde und steckt ihn ins Schloss. Er passt. Die Tür lässt sich mit viel Kraft öffnen.

Die Wendeltreppe vor Sylvester ist nicht gerade breit und man könnte mit Leichtigkeit hinunterpurzeln, wenn man nicht aufpasst.

Gerade als er den ersten Schritt wagen möchte, vernimmt er Marx Stimme über seine Brille. »Aurora ist im Archiv. Möchtest du mit ihr sprechen?«

Er überlegt kurz, stimmt dem Vorschlag dann aber zu. Angelehnt an die geöffnete Tür, sitzt er im Türrahmen. Auf seiner Brille öffnet sich eine Übertragung des Archivraumes.

Minutenlang redet nur er und erklärt ihr die Dinge über die Alten und die Alphas.

Während sie danach einige Fragen stellt, die er gerne beantwortet hätte, vernimmt er aus den Tiefen der Wendeltreppe ein Geräusch. Es hat sich angehört, als hätte jemand etwas umgestoßen. Sein Kopf ist plötzlich voll mit Fantasien darüber, was das Geräusch verursacht haben könnte. Lebt da unten noch jemand? Wenn der Krieg das alles hier nicht zerstört hat, was könnte die Strahlung mit den Menschen gemacht haben?

Sollte dort unten noch etwas leben, will er auf jeden Fall nicht warten, bis es den Weg zu ihm nach oben gefunden hat. Widerwillig muss er eine Ausrede finden, um das Gespräch beenden zu können.

Als das Bild der verzweifelten Aurora vor seinen Augen verschwindet, verzerrt er sein Gesicht vor Reue und stößt seinen Kopf nach hinten gegen den harten Beton. Er muss sich jetzt beeilen, noch einmal möchte er sie nicht verschieben.

Mit vorgestreckter Waffe kommt er am Ende der Treppe an und sieht sich gründlich um. Er kann nichts erkennen. Das Tageslicht dringt nur mäßig bis hier unten durch. Aber es reicht aus, um neben ihm einen Drehschalter für Strom zu erkennen. Mehrere Male versucht er, die Anlage wieder in Betrieb zu nehmen. Schließlich funktioniert es und er hört ein Aggregat anlaufen.

Sollte hier tatsächlich etwas umherschleichen, würde es jetzt bestimmt zum Lärm des Aggregats gelockt werden.

Sylvester lässt keine Zeit verstreichen und sucht nach Wegbeschreibungen. An der Wand gegenüber wird er fündig. Offenbar steht er in einer Kreuzung. Über einem Pfeil nach rechts steht *Energie*.

Er biegt um die Ecke und befindet sich sofort im Türrahmen eines niedrigen, aber großen Raumes. Überall hängen Rohre und Schläuche der verschiedensten Größen und Zwecke. Einige sehen aus, als würden sie nur Kabel beinhalten, andere wiederum scheinen unter großem Druck zu stehen. In der hinteren Ecke kann er das Stromaggregat erkennen, das er eben angeschaltet hat. Daneben ist eine weitere dicke Tür.

Da er nur erahnen kann, was die verschiedenen Bauteile bewirken, holt er den Brief wieder heraus.

...

Energie:

An der linken Wand sind drei Hebel. Sie haben rote Griffe und sollten in der Stellung nach unten zeigen.

Der Erste von links schaltet den Strom für alle Systeme ein. Befehlszentrale, Kurscomputer, etc.

Der Zweite stellt den benötigten Betriebsdruck her. Damit beispielsweise die Luke aufklappen kann.

Der Dritte startet die Betankung der Raketen.

Sollte etwas nicht funktionieren, musst du es reparieren. Das ist kein Problem, da überall Handbücher und Ersatzteile rumliegen.

Durch die Tür auf der anderen Seite des Raumes kommst du in die Silos. Dort kannst du selbst an den Raketen rumschrauben.

Musst du diesen Schritt wirklich gehen und die Waffen der Alten einsetzen, überleg dir das bitte gut! Ich habe dir gezeigt, welche Kraft sie haben. Die nuklearen Sprengköpfe habe ich bereits demontiert, aber ich möchte dir nicht verheimlichen, dass es sie noch gibt. Aber bedenke: nur im <u>äußersten Notfall</u>!!

Sylvester steckt den Zettel weg und testet die Funktion der Hebel. Nach dem Betätigen des Ersten hört er überall laut Relais klacken. Nach dem Zweiten rauscht es in den Leitungen. Ein Zischen direkt hinter ihm erschreckt ihn. Eines der Rohre ist undicht. Schnell hat er einen Gabelschlüssel gefunden und die Verbindung wieder festgezogen. Dann bleibt es still - der Druck scheint aufgebaut zu sein und die Relais haben sich schließlich auch beruhigt. An einer anderen Stelle quillt Schmierstoff aus einem Kolben und wird kurz darauf wieder eingesaugt. Nichts, was Sylvester beunruhigt - soweit scheint alles zu funktionieren. Als er seine Hand um den letzten Hebel legt, zögert er kurz. Er entscheidet sich dazu, die Tür zu den Silos zu schließen. Danach presst er den Hebel mit aller Kraft nach oben. Direkt daneben leuchtet eine Glühlampe hinter einem Stück Pergament auf, das eine Skala trägt. Ein kleiner Zeiger bewegt sich sehr langsam von der Null aufwärts. Offenbar zeigt dieses alte Gerät den Füllstand an. Sylvester zieht den Hebel sofort wieder nach unten. Der Zeiger fällt zur Null zurück und die Lampe erlischt wieder.

Er macht sich auf den Weg zur Befehlszentrale. Er rennt zurück zur Wendeltreppe und sucht sich anhand von Schildern und mithilfe seiner Intuition den Weg. Nach einigen weiteren Kreuzungen und Abbiegungen wird er fündig.

Sylvester steht in einem kleinen Raum, der fast nur aus Metallschränken besteht. Lediglich in der Mitte der gegenüberliegenden Wand ist ein Fenster, das in die Dunkelheit führt, und darunter ein Kontrollpult. Alles hier ist alte Technik. Sylvester öffnet einen der Schränke. Das ist wohl der Kurscomputer. Er erinnert ihn an einen Server, aber sehr rückständig.

…

Zentrale:
Hier werden die Ziele eingegeben und die Raketen gestartet.
Als Erstes musst du eine der Schlüsselkarten in den Schlitz neben dem linken Nummernfeld stecken. Jede Karte kann nur für einen Abschuss verwendet werden. Alle Karten, die ich auftreiben konnte, habe ich in einem Paket zusammengefasst und auf das Terminal gelegt.
Dann musst du einen Code auf diesem Tastenfeld eingeben. Alle Codes, die ich gefunden habe, habe ich in die Abdeckung des Servers links neben dem Terminal gekratzt.
Als Nächstes musst du mithilfe des rechten Nummernfeldes die Zielkoordinaten eingeben. Solltest du Probleme dabeihaben, befindet sich in einem der Schränke eine

Sammlung aller Karten der Alten. Die Ra-
keten können aber nicht den ganzen Erdball
umfliegen. Deshalb kann eine Fehlermel-
dung kommen, wenn du ein Ziel eingibst,
das zu weit entfernt ist.
Zuletzt musst du nur noch den roten Knopf
in der Mitte drücken und die Rakete wird
nach einem 10-Sekunden-Countdown ab-
gefeuert. Währenddessen kannst du den
Start noch abbrechen, indem du die Schutz-
abdeckung des Knopfes wieder schließt.

*Sylvester, bitte sei dir **absolut sicher**, dass*
dies die einzige Möglichkeit ist, die dir noch
bleibt. Eigentlich gibt es immer einen ande-
ren Weg. Du weißt, welche Kraft diese
Waffen haben und was sie aus der Welt der
Alten gemacht haben.
Auf Bald!

Sylvester blickt von dem Brief auf und geht zu dem
Terminal vor sich. Es ist verstaubt, sieht aber funk-
tionsfähig aus. Der Stapel mit den Schlüsselkarten
ist vorhanden und eine Menge Zahlen sind in das
Metall neben ihm geritzt.

Er pustet den Staub beiseite und zieht eine
Schlüsselkarte aus dem Paket heraus. Nachdenklich begutachtet er sie und setzt seine Stirn in Falten. Testweise steckt er sie in den dafür vorgesehenen Schlitz. Die Tasten leuchten auf und ein antikes

Display schaltet sich ein. Auch hinter der Scheibe gehen rote Lampen an und enthüllen, was sich in dem tiefen Schacht befindet. Ein riesiger Zylinder aus Stahl steht vor Sylvester in dem Silo. Die Rakete sieht zu gleichen Teilen ruhig und verheerend aus. Das rote Licht war offensichtlich nicht dafür da, den Menschen, die hier einst gearbeitet haben, die Angst vor der Waffe zu nehmen.

Sylvester zieht die Karte wieder aus dem Terminal heraus und steckt sie in den Stapel zurück. Die Lichter des Terminals und die roten Lampen erlischen wieder. Er möchte diese Waffe auf keinen Fall benutzen. Er ist hierhergekommen, um zu lernen, wie er sich gegen Corevisk wehren kann. Doch nun weiß er, dass er diesen Weg nicht einschlagen möchte. Er wäre kein Stück besser als die Alten, denkt er. Und die haben letztendlich ihre eigene Welt mit diesen Waffen zerstört.

Plötzlich hört er hinter sich ein Geräusch, das sich so ähnlich anhört, wie das vorhin. Er fährt herum, zückt seine Waffe und zielt durch den Türrahmen. Sylvester bleibt wie angewurzelt stehen und wartet ab, was passiert. In diesem kleinen Raum gibt es keine Deckung. Nun hört es sich an, als würde etwas immer näherkommen und auf ihn zu rollen.

Wenige Sekunden später fährt ein Roboter an der Tür vorbei. Er sieht aus wie eine Mülltonne mit Armen und Panzerketten. Er scheint Sylvester bemerkt zu haben und dreht sich zu ihm. Als er erkennt, dass eine Waffe auf ihn gerichtet ist, hebt er beruhigend seine zwei mechanischen Arme.

»Hey, junger Mann, was soll das denn?«

»Was…?« Sylvesters Gesicht wird von Verwunderung erfüllt.

»Was soll die Waffe?«, wiederholt der Roboter, als würde sie ihn kaum interessieren.

»Was bist du?«, fragt Sylvester verwirrt.

»Ich bin Adam, ein Roboter«, erklärt er monoton. »Ich bin hier, um zu helfen.«

Sylvester sieht ihn ratlos an.

»Benötigst du Hilfe, eine Rakete zu starten?«

Sylvester ignoriert den Roboter, rennt zurück zur Treppe und dreht sich noch ein letztes Mal um. Dann läuft er die Stufen hoch, schiebt die dicke Tür hinter sich zu, wirft sich dagegen und rutscht erschöpft an ihr herunter.

Er bereut es, heute Nacht gegangen zu sein. Die Idee, sich über die Waffen der Alten zu informieren, um sie einsetzen zu können, hielt er für schlau, stellt sich jetzt jedoch als Verschwendung da. Nie im Leben will er wieder hierherkommen. Und Aurora dafür allein gelassen zu haben, gefällt ihm nicht.

Als er über seine Brille mitgeteilt bekommt, dass Aurora eine Simulation machen möchte, kommt Sylvester eine Idee. Er springt auf und holt sich seinen Koffer aus dem Geländewagen. Aufgeklappt wird klar, dass das kein gewöhnlicher Koffer ist: In der einen Hälfte ist ein Display eingebaut, in der anderen liegen zwei Handschuhe mit Sensoren, eine Kopfbedeckung mit Elektroden, die einer Schwimmhaube ähnelt, und eine VR-Brille. Unter den Accessoires ist eine Tastatur. Der Koffer ist eigentlich ein Computer, mit dem Sylvester unterwegs arbeiten kann.

Sylvester legt ihn auf den Beifahrersitz und verwendet das Auto als Stromquelle. Als er den Motor startet, fährt der Computer hoch. Sylvester verbindet ihn über ein Display mit dem System seines Bunkers, damit er an der Simulation teilnehmen kann. Während er darauf wartet, dass Aurora die Simulation startet, macht er es sich auf der Rückbank bequem und zieht das Equipment an. Der Computer im Koffer schleust Sylvester unbemerkt in die Simulation.

SECHS

»Guten Morgen, Aurora! Heute ist Montag, der 31.12.2125. Heute ist Sylvesters Geburtstag.«

Aurora dreht sich auf den Rücken.

»Guten Morgen, Marx!«

Als sie aufstehen möchte, wird sie von zwei kleinen Tischen abgelenkt, die erst heute neben dem Bett stehen. Sie ähneln denen aus dem Kontrollraum - flach und mit einem dünnen Tischbein. Auf ihnen stehen das Abendessen, das sie gestern verschlafen hat, und das Frühstück, das Marx ihr bereits hergerichtet hat. Auffällig ist, dass es bis auf die Farbe sehr ähnlich aussieht. Die Stücke sehen alle irgendwie gleich aus. Das Abendessen jedoch mehr nach Bratkartoffeln, das Frühstück mehr nach Obstsalat. Marx hat wirklich seltsame Rezepte gespeichert. Das sind wahrscheinlich Sylvesters Lieblingsessen.

Aurora ist verblüfft, als sie sich den Frühstücksteller nimmt und der kleine Tisch zu Staub zerfällt und im Boden verschwindet. Marx scheint ihre Verwunderung bemerkt zu haben und erklärt, dass dies eine Art seiner Roboter sei, die ihm die Interaktion mit der physischen Welt ermöglichen und den Bunkeralltag leichter machen.

»Aha. Naja, solange du damit niemanden umbringst«, wirft sie noch schnell in den Raum, bevor sie das Frühstück verschlingt. Zum Vergleich probiert sie zwischendurch auch mal von dem anderen Gericht. Tatsächlich schmeckt es total anders und hat eine andere Konsistenz, die Form scheint aber der Maschine geschuldet zu sein, die für die Verpflegung zuständig ist.

Aurora steht auf und fragt Marx, wo sie denn die Teller jetzt abstellen soll. Der zweite Tisch ist ja inzwischen auch weg. Geschwind baut er ihr einen neuen.

»Könntest du mir bitte ein Outfit zusammenstellen. Bitte in dem gleichen Stil wie das von Sylvester.« Sie muss lächeln. »Ich denke ihr habt hier gar nichts anderes.«
Nur wenige Sekunden später öffnet sich die Doppeltür des Kleiderschranks und darin hängt ein grauer Zweireiher mit weißem Einstecktuch, weißem Hemd und einer Krawatte, die der von Sylvester gleicht. Darunter stehen ein Paar braune Lederschuhe.

Aurora ist überrascht, dass das so schnell ging. Mit Schienen an der Decke des Schranks kann Marx offensichtlich die Kleiderbügel bewegen.

Nachdem sie sich umgezogen und eine Brille aufgesetzt hat, stürmt sie schon auf die Tür des Schlafzimmers zu, wird aber von der bekannten Computerstimme aufgehalten.

»Aurora, Sylvester will, dass ich dir noch etwas zeige, bevor du den Bunker verlässt und ihn aufsuchst.«

»Und was wäre das?«

»Anweisung von Sylvester: *Wenn du deine Brille aufhast, schau das Bett an und blinzle dreimal schnell hintereinander.* Ende.«

»Ok.«

Als Aurora der Anweisung folgt, fährt das Bett samt Boden in die Wand und gibt eine versteckte Treppe frei. »Natürlich…« Ob sie je alles über den Bunker wissen wird, fragt sie sich.

Sie geht geduckt die Stufen hinunter und findet sich in einem Raum wieder, der den Stil des oberen Zimmers teilt. Überall findet sich Holz, Samt und ein leicht gelbliches Licht.

Er ist voller Gegenständen, die stilvoll präsentiert an den Wänden hängen. Gadgets, die offensichtlich Sylvester hier drapiert hat. Feuerzeuge, Regenschirme, Schuhe und vieles mehr. In der Mitte des Raumes steht ein Hocker, auf dem ein Koffer thront. Dunkelgrün und mit kleinen goldenen Französischen Lilien darauf - gleich dem, den ihr Freund mitgenommen hat.

»Ist da der Inhalt der Sporttasche von Sylvester drin?« Aurora deutet auf das Gepäckstück.

»Ja, ich dachte es wäre ganz schön, wenn ich ihn umpacke. Jetzt passt das Aussehen besser zum Anzug!«

Aurora geht mit ihren Blicken die Wände entlang und sieht sich alles genau an. Bevor sie mitsamt dem Koffer wieder verschwindet, steckt sie noch ein Feuerzeug und eine kleine Schachtel Minze-Bonbons ein. Man weiß ja nie!

Die Schülerin hastet durch den Gang am Holo-Terminal vorbei und auf den Ausgang zu. Beim Verlassen muss sie glücklicherweise nicht wieder die Tortur der Dekontamination durchlaufen. Sie schreitet vorsichtig durch den runden Rahmen der massiven Stahltür und dreht sich nicht mehr um.

»Aurora, möchtest du wirklich gehen?«

»Ja«, erwidert sie voller Entschlossenheit. »Für mich gibt es keinen anderen Weg!«

Aurora geht durch den mäßig beleuchteten, felsigen Tunnel und bemerkt nicht, dass sich hinter ihr zwei vermummte Gestalten durch die immer kleiner werdende Öffnung der Tür drücken. Anschließend ist der Bunker wieder versiegelt und vor jeglichen Angriffen sicher.

Oben angekommen steht Aurora vor einer Holzwand, welche sich durch das Betätigen eines kleinen Hebels in den Raum schieben lässt. Fast schwerelos bewegt sich das Regal. Sie befindet sich jetzt wieder in der Bibliothek.

Nachdem sich die Geheimtür hinter ihr geschlossen hat, geht sie durch das Wohnzimmer in Richtung Terrassentür. Doch auf ihrem Weg hört sie etwas in einer Pfanne brutzeln und vernimmt einen süßen Duft.

Wieder ist ein Funke Hoffnung in ihr, dass das jetzt Sylvester sein könnte, der sie überraschen möchte und sie abholt. Damit sie zusammen zu Corevisk fahren können. Seit Monaten trifft sich Aurora nun schon mit ihm. Von Mal zu Mal werden ihre Gefühle für Sylvester stärker. Sie hat noch nie einen Jungen getroffen, der so nett zu einem Mädchen ist und keine Hintergedanken hat. Die Ungewissheit, ob Sylvester tatsächlich so neutral ist oder ob er seine wahren Gefühle nur sehr gut verstecken kann, quält Aurora schon zu lange. Sie muss ihm endlich sagen, was sie für ihn empfindet.

Bei diesem Versprechen an sich selbst, begreift Aurora, dass sie ohne Sylvester nicht mehr leben könnte. Aber nicht nur, weil sie in dieser Welt nicht alleine klarkommen würde, sondern besonders, weil ihr im Moment die wichtigste Bezugsperson fehlt. Ihren Eltern stand sie sowieso nie besonders nahe und ihre Großeltern sind tot.

Misstrauisch guckt sie also um die Ecke zwischen Gang und Küche. Aurora schreckt zurück, als sie das bekannte Gesicht von Butler James erkennt. Sie hatten ihn doch tot auf den Stufen vor

Sylvesters Haus aufgefunden. Wie kann es sein, dass er jetzt hier vor ihr steht und sich ein Frühstück brät? Er bemerkt Aurora hinter sich und dreht sich um.

»Keine Sorge, ich bin kein Roboter und du halluzinierst auch nicht.« James hebt die Hand und versucht seine Gegenüber so zu beruhigen. »Sylvester hat mich unbemerkt ins Auto geladen.« Er wendet sich wieder seinem Frühstück zu. »Ich lag ewig in einem Multi-Doc, bis Marx das Implantat überbrücken und mich wieder aufwecken konnte. Er meinte, ich wäre genau rechtzeitig fertig geworden und solle dich begleiten.« Er dreht sich mitsamt der Pfanne um und zeigt auf Aurora. »Der Anzug passt dir übrigens perfekt und wird sich bestimmt als nützlich erweisen.«

»Marx, ist das wirklich James?«, fragt Aurora verunsichert.

Auf ihren Brillengläsern leuchten verschiedene kleine Fenster auf und eine Art Laser scannt den Butler innerhalb weniger Sekunden von oben bis unten. Anschließend ertönt in ihrem Kopf Marx' Stimme: »Biocode bestätigt. Chester Queens.«

»Chester? Ich dachte Sie heißen James!«

Der Küchenchef lächelt. »Nur Sylvester nennt mich so. Er hat mir gegenüber mal gesagt, es hätte etwas mit einer für ihn sehr wichtigen Person zu tun.«

»Ah, okay. Ja, ich denke ich weiß, von wem er spricht. Aber das sollte Sylvester Ihnen wohl besser selbst erzählen, wenn er das denn möchte.«

»Alles hat seine Zeit.«

Damit wendet sich Chester wieder dem Frühstück zu und richtet auf zwei Tellern je einen Stapel à drei Pancakes an. Er übergießt diese mit einer reichlichen Portion Ahornsirup und schiebt Aurora einen davon rüber. Eine funktionierende Küche - damit hatte sie hier nicht gerechnet.

Aurora erinnert sich an ihr sättigendes Frühstück und lehnt dankend ab.

»Das sind aber die besten Pancakes, die du je gegessen hast. Außerdem kannst du jede Stärkung brauchen! Wie ich sehe, hast du noch einiges vor.« Er deutet auf ihren Koffer.

Das süße Aroma der frischen Speise steigt ihr in die Nase und die Versuchung wird immer größer. Als sich Chester schließlich setzt und anfangen möchte, wirft er ihr nochmal einen überzeugenden Blick zu, welcher sie nun doch an den Tisch zwingt. Sie stellt ihren Koffer neben ihren Stuhl und genießt zusammen mit Chester das vorzügliche zweite Frühstück.

Ohne auch nur ein Wort gewechselt zu haben, stehen sie ein paar Minuten später wieder auf und der Butler räumt die Teller in einen hinter zwei Holztüren versteckten Geschirrspüler. Diesen schließt er mit den Worten »Marx macht das schon!«

Chester öffnet den Kofferraum des Zweitwagens. Beide legen ihre Koffer hinein. Anschließend setzt sich Aurora auf den Fahrersitz und ernennt Chester zum Beifahrer. So schwer kann das ja nicht sein, denkt sie sich. Nachdem sie ihre Hände ans Lenkrad gelegt hat, scheint das Auto sie bereits erkannt zu haben. Es meldet sich mit der Stimme von Marx.

»Biocode bestätigt, Aurora Kollens. Pinkerton hat dir Koordinaten für einen Treffpunkt geschickt. Soll ich diese als Ziel einstellen?«

Nachdem Aurora dies bejaht hat, fährt er fort: »Schnellste Route berechnet. Allgemeine Verkehrsauslastung: Null Prozent. Gute Fahrt!«

Anfangs noch etwas unsicher, fährt Aurora durch den Wald zurück auf die Hauptstraße. Sie möchte direkt wieder die Route einschlagen, über die sie vorgestern hergekommen sind. Allerdings weist ihr ein großer Pfeil auf der Windschutzscheibe die entgegengesetzte Richtung an.

»Wohin fahren wir eigentlich?«, erkundigt sich Chester nach einigen Minuten.

»Zum Firmenhauptsitz von Corevisk. Sylvester hat anscheinend eine Lösung gefunden.«

»Da bin ich gespannt. Es lebt doch auch dort niemand mehr.«

»Die McKinnons sind laut Marx noch bei Bewusstsein. Vielleicht erhofft er sich ein erfolgreiches Gespräch mit ihnen.«

»Davon wusste ich gar nichts… Marx hat mich nach meinem Erwachen wohl nur über das Nötigste aufgeklärt.«

Aurora bringt ihren Beifahrer auf den aktuellen Stand.

Sie fahren die eintönige Schnellstraße entlang und rasen in Richtung Sylvester. Links und rechts liegen Autos, Motorräder und deren Fahrer. Die Systeme der Fahrzeuge scheinen sich und ihre Passagiere sicher an den Straßenrand gebracht zu haben - meistens zumindest. Sie verfällt nach und nach der tiefgründigen Grübelei nach einer Lösung für das Problem des Komas. Lange denkt sie darüber nach und hat auch die wildesten Ideen, aber keine, die die Menschen wieder zurückbringt.

Plötzlich reißt sie eine Explosion vor ihnen aus ihren Gedanken. Aurora presst das Bremspedal auf den Boden und der Wagen kommt einige Meter vor den anderen Autos zum Stehen. Aurora und Queens steigen aus, stürmen zur Unfallstelle und begutachten diese. Am Tag des Vorfalls scheinen bereits vier Wagen kollidiert zu sein, jetzt ist ein fünfter hinein gekracht. Das muss zu der Explosion geführt haben. Ob darin noch Leute saßen, lässt sich jetzt nicht mehr feststellen. Das Leder der Sitze, das Plastik der Armaturen, die Brennstoffzelle an der Unterseite, alles brennt lichterloh.

Einige Meter hinter den Flammen kann Aurora eine taumelnde Person erkennen. Aufgeregt macht sie den Butler auf sie aufmerksam. Wenn jeder Mensch ein Implantat besitzt, muss es ja irgendeinen Grund geben, dass der Verletzte hier rumläuft.

Aurora schaut zu Boden und versucht über ihre Brille Sylvester zu erreichen. Währenddessen ist sie abgelenkt und bekommt nicht mit, was sich zwischen dem Überlebenden und Chester abspielt.

Dieser zieht aus seiner Innentasche die gleiche Waffe, wie sie Aurora und Sylvester besitzen und lädt eine große Patrone. Was bei normalen Kugeln blitzschnell geht, dauert in diesem Fall länger. Die Pistole stellt sich auf die Munition ein und erkennt ihren Besitzer. Drei LEDs leuchten grün auf, was bedeutet, dass sie einsatzbereit ist. Chester nimmt einen sicheren Stand ein, streckt seinen Arm aus und zielt.

Schuss!

Aurora schreckt auf und starrt ihren Begleiter entsetzt an. Das Knistern und der Gestank des Feuers geraten in den Hintergrund, Auroras Entsetzten verdrängt alles andere. Im Fokus liegt einzig und allein Chester, der in aller Ruhe seine Waffe wegsteckt.

»Sind Sie verrückt!? Vielleicht hätten wir helfen können.« Aurora fährt sich mit den Fingern durch ihre Haare, dreht sich um und rennt zur Leiche.

Chester läuft hinter ihr her. »Meine Brille hat mir keinen Herzschlag angezeigt.«

»Das ist noch lange kein Grund zu schießen!«, wirft Aurora ihm wenig überzeugt zurück.

Er bittet Marx um eine Analyse des Körpers, vor dem sie stehen.

»Analyse nicht möglich, es kann keine menschliche DNS festgestellt werden. Ihr steht vor einem Androiden mit synthetischer Haut.«

Aurora sieht Chester verwirrt an.

»Der Wärmesensor unserer Brillen hat für seinen gesamten Körper die gleiche Temperatur gemessen, bei Menschen ist dieser Zustand eigentlich unmöglich. Marx hätte uns vorher informiert, hätte er irgendwo einen Menschen entdeckt.«

»Sie können viel mehr als ein Butler.« Aurora zweifelt daran, dass Queens nur als Butler bei Sylvester angestellt ist. »Ich glaube, die wenigsten Bediensteten können mit einer Schusswaffe umgehen.«

»Naja, ich tue was ich kann. Lass uns weiterfahren.«

Als sich Aurora wieder auf den Weg zum Auto macht, kniet Chester neben dem Roboter nieder. Er rammt der Maschine seine Finger in den Nacken und zieht einen handflächengroßen Chip aus der mechanischen Wirbelsäule. Auf der polierten Metalloberfläche sitzen viele kleine Kontakte, ohne Struktur und in einem verwirrenden Muster. Von dem wundervollen Glänzen möchte man seine Augen am liebsten nie wieder abwenden. Das Gerät scheint irgendwie zu leuchten. Er folgt Aurora zum Wagen und wickelt das Objekt in ein Tuch. Er schwingt sich ins Auto und knallt die Tür hastig zu.

»Aurora, es ist nicht mehr weit, lass uns möglichst schnell weiterkommen.«

Sie lässt sich das nicht zweimal sagen, fährt vorsichtig an der Massenkarambolage vorbei und tritt das Gaspedal durch.

Kurze Zeit später fahren sie auf ein Tor zu, vor dem ihr Weg vorerst endet. Sie steigen aus und nehmen ihre Koffer mit. Nun stehen sie da, vor dem verschlossenen Edelstahltor. Links und rechts versperren hohe Mauern die Sicht auf das Areal des Firmensitzes. Die Quader aus Beton sind mit Stahlplatten besetzt. Hier und da sind Kratzspuren zu erkennen. Woher die kommen? Sie befinden sich schließlich noch innerhalb der großen Mauern des Waldes. Vor was möchte sich Corevisk schützen?

»Marx,« meldet sich Chester, »wo und wie ist Pinkerton da rübergekommen?«

Die beiden blicken in beide Richtungen der Barriere, während sie auf eine Antwort warten, können aber keinerlei Spuren von ihm finden. Aurora fällt ein wichtiges Detail auf.

»Chester,« sie sieht ihn fragend an »wenn Sylvester vor uns eingebrochen ist, dann müsste hier doch irgendwo sein Wagen stehen.«

»Da hat Aurora Recht.« Antwortet Marx. »Sylvester ist nicht eingebrochen.«

Der Butler geht zu einem der massiven Torpfosten und berührt diesen an einer ganz bestimmten Stelle. Augenblicklich baut sich ein kleines, holographisches Tastenfeld auf. Er spürt Auroras fragenden Blick in seinem Rücken und wendet ihr wieder sein Gesicht zu.

»Vor einigen Wochen habe ich Sylvester hier schon mal hergefahren. Mal sehen, ob ich mich noch an den Code erinnern kann.« Er probiert einige Kombinationen aus, bis ihn Aurora unterbricht.

»Halt! Wenn du das Tor öffnest, bekommen das Sylvesters Eltern doch sicher mit. Marx, kannst du das Schloss unbemerkt hacken?«

»Nein, aber sobald Chester den richtigen Code eingibt, kann ich euch ein paar Sekunden lang einen kleinen Spalt öffnen, das könnte im System unbemerkt bleiben. Ihr müsst aber schnell sein!«

Aurora und Chester nehmen ihre Positionen ein und warten.

Das Tor bewegt sich, öffnet sich schulterbreit. So schnell sie können, springen die beiden hindurch. Kaum auf der anderen Seite angekommen, fallen die Stahlhälften hinter ihnen wieder zusammen.

Sie stehen auf einer langen Straße, an deren Ende der imposante Corevisk-Tower steht. Ein riesiges, schlankes Gebäude, das nach oben hin immer dünner wird und von fünf Füßen gestützt wird. Diese entspringen auf halber Höhe dem Turm und gleichen sich hyperbel-ähnlich dem Erdboden an. Der Tower steht direkt im Mittelpunkt, umgeben von nahezu unendlichen goldbraunen Weizenfeldern, die überall bis an die Mauern reichen.

»Wow, na das ist ja mal was!« Sprachlos begutachtet Aurora die perfekten Ähren.

»Ich bin mir sicher, dass nur Corevisk-Angestellte dieses gute Essen bekommen. Die Geheimnisse, die da vor uns entstehen, sollen da schließlich drinbleiben!«

Aurora wird abgelenkt und hört Chester nur noch mit einem Ohr zu - sie lässt die Halme durch ihre Hand streichen.

Mit schnellem Schritt nähern sie sich dem Gebäude, welches immer imposanter wird, je näher sie ihm kommen. Das Ende der Straße bildet ein runder Platz, auf dem bereits ein Auto steht. Als Aurora den Aston Martin erblickt, bleibt sie ruckartig stehen und ein erfreutes Lächeln macht sich auf ihrem Gesicht breit. Ihr Herz beginnt schneller zu schlagen und sie vergisst ihre Sorgen. Eine Sekunde später ist sie auch schon wieder auf dem Sprung und sprintet wie verrückt los. Während sie noch die letzten Meter läuft, steigt tatsächlich jemand aus dem Wagen. Sylvester Pinkerton. Heldenhaft schließt er die Knöpfe seines Zweireihers und zurrt ihn faltenfrei. Er liebt diese Auftritte wirklich!

Ihr Freund hat offensichtlich nicht mit einem derart heftigen Aufprall gerechnet, denn Aurora fällt zusammen mit ihm gegen die Seite des Autos. Sylvester umarmt sie mit solch einer Wärme und

Entschlossenheit, als würde er sie am liebsten nie wieder loslassen wollen.

»Sylvester ...«, sagt Aurora verunsichert. »Du liebst mich doch?«

»Wie könnte man dich nicht lieben?« Er nimmt Auroras Kopf in beide Hände und streicht ihre Wangen entlang. In seinem ernsten Gesicht steht lustvolle Gier. »Du bist das tollste Mädchen, das ich je kennengelernt habe! Du bist wunderschön, verständnisvoll, clever und denkst nicht so engstirnig wie die anderen. Du kennst keine Ungerechtigkeit oder Hass.« Er blickt ihr dabei tief in ihre wunderschönen, weißen Augen.

»Aber warum hast du dann bisher nicht mal mit einer Augenbraue gezuckt, wenn ich dir meine Gefühle gezeigt habe?« So vorwurfsvoll, wie es ihr in dieser Situation möglich ist, legt sie ihren Kopf auf die Seite.

»Ich wollte abwarten, ob du deine Meinung änderst, nachdem du das alles über dich erfahren hast. Ich hatte Angst vor deiner Reaktion.«

Sie lacht mit Tränen in den Augen und drückt ihre Lippen fest gegen seine.

»So, ihr Turteltäubchen! Könnten wir dann wieder zu der Sache kommen, wegen der wir hier sind?«, gibt Chester beiläufig von sich, während er an den beiden vorbeigeht.

Aurora und Sylvester lassen voneinander ab und grinsen verlegen, während sie rot anlaufen.

»Ja, natürlich!«

»Alles Gute zum Geburtstag!«, flüstert sie ihm leise ins Ohr.

Chester öffnet den Kofferraum und steckt den Chip des Androiden in eine robust aussehende Schatulle.

»Ich würde euch empfehlen, da ohne große Waffen reinzugehen. Ich bin mir sicher, dass Corevisk ausreichend Schutzmaßnahmen hat, um euch auszulöschen. Sylvesters Eltern haben die Alphas erschaffen, also wissen sie bestimmt auch, wie man sie am besten umbringt.«

»Ich kann mir nicht vorstellen, dass sie uns umbringen möchten«, meint Aurora. »Weshalb sollten wir denn sonst so lange überlebt haben?«

Wollen Sylvesters Eltern, die die Regierung unter ihrer Kontrolle haben und somit Pangea leiten, nur ein paar letzte Worte an sie richten? Ist das jetzt ihr Ende? Nein, sicher nicht! Bestimmt hat Sylvester einen glorreichen Plan, denkt sich Aurora

»Chester hat schon Recht, meine Eltern können tatsächlich sehr launisch sein, vor Allem wenn man ihren Befehlen nicht folgt. Mir sagten sie immer: *Wer Geld und Einfluss hat, muss keine Kompromisse eingehen!* Unsere Pistolen nehmen wir trotzdem mit.«

Entsetzt sieht Aurora ihn an. Er nimmt ihren Blick wahr und fährt mit nicht weniger bedenklichen Neuigkeiten für seine Freundin und seinen Butler fort. »Dazu kommt, dass sie mich seit einiger Zeit nicht mehr als ihren Sohn sehen. Seltsame

Situation, aber wahrscheinlich haben sie wieder irgendwelche Experimente gemacht und dabei den letzten Rest Menschlichkeit verloren.«

»Na gut,« meint Aurora. »Dann lass uns das mal hinter uns bringen!«

»Ich glaube, es wäre besser, wenn ihr ohne mich geht. Ich werde gut auf das Schätzchen hier aufpassen!« Chester klopft auf das Dach des Aston Martins. »Aurora, du solltest die hier tragen.« Er reicht ihr eine kleine Schachtel. Darin befindet sich ein Paar Kontaktlinsen. Scheinbar ist ihr Zweck die Abschirmung von Scannern und die Änderung der Augenfarbe. Sie sind schnell eigesetzt und fallen nicht auf, wenn man die wahre Augenfarbe nicht kennt.

Chester nimmt die Schachtel wieder entgegen und scheucht die beiden mit einer Handbewegung ins Gebäude.

Sylvester legt seine Hand auf die Glasscheibe der Tür, welche kurz darauf grün schimmert, seinen Namen und Status anzeigt und sich öffnet. Die beiden schreiten weiter ins Innere des Stahlbetonkolosses und werden mit einem freundlichen Ton begrüßt. Sie stehen in der Mitte eines riesigen Atriums. Links befindet sich eine Rezeption, wie in einem Hotel, rechts stehen viele helle Holztische und -bänke - anscheinend eine Cafeteria. Der Großteil der Halle ist mit großen Pflanztrögen gefüllt, die von Bänken umrandet sind. Im Hintergrund sind einige Theken mit verschiedenen Symbolen auszumachen. Das könnten Ausgaben für Medikamente und Lebensmittel sein. Man muss es Corevisk lassen, dass sie sehr wohl wissen, wie man Menschen beeindruckt.

Die leblosen Körper verändern allerdings dieses unschuldige Bild. Wie angewurzelt bleiben die beiden Besucher stehen und blicken auf die vielen Bewusstlosen, die Aurora bereits wieder ein bisschen verdrängt hatte. Einige Sekunden vergehen, bis sie von einer netten Computerstimme aufgerufen werden.

»Sylvester Pinkerton, Informationshändler, Sie werden erwartet. Bitte begeben sie sich zu Paul und Andrea McKinnon in die Spitze.«

»Sie sehen in dir nicht mehr als einen Informationshändler!?«

»Zurzeit scheinbar nicht.«

Nachdem sie sich in den Fahrstuhl gestellt haben, tippt Sylvester ein leuchtendes Feld an der Wand an und sagt laut: »Sylvester Pinkerton und Aurora Kollens für *Die Spitze.*«

Die Türen schließen sich und der Aufzug schießt in die Höhe, draußen rauschen die Stockwerke vorbei. Hauptsächlich Büros und Laboratorien.

»Deine Eltern lieben es angeberisch, nicht wahr?«

»Scheint in der Familie zu liegen.« Er lacht. Aurora bleibt ernst.

»Du benutzt nicht den gleichen Nachnamen, wie deine Eltern. Warum eigentlich?«

»Ich wollte nie mit Samthandschuhen angefasst werden, nur wegen meinem Nachnamen. Deshalb habe ich diesen schon sehr früh überall geändert. Mit den Passwörtern meiner Eltern. Und jetzt sieze ich sie, weil sie mich vergessen haben und ich nichts habe, um sie vom Gegenteil zu überzeugen. Schon komisch!« Er lächelt bedrückt.

Die gläserne Kabine kommt in einem gänzlich vom Stil des restlichen Gebäudes abweichenden Raum zum Stillstand. Bevor sich das Glas des Lifts teilt, ertönt erneut die freundliche Stimme: »Sie befinden sich … in der Spitze.«

Aurora und Sylvester treten hinaus.

Der vergleichsweise düstere Raum ist mit gläsernen Skulpturen und Kunstwerken geschmückt, welche an den Wänden und auf Sockeln aufgereiht sind. Links und rechts von ihnen befinden sich Türen, was darauf schließen lässt, dass sie in der persönlichen Suite von Andrea und Paul McKinnon, *der Spitze*, stehen. Rechts an der Wand steht zudem noch eine Bar. In der Mitte des Raums formen zwei Couches und zwei Sessel ein Quadrat, welches perfekt zur Symmetrie der Einrichtung passt. Einige Meter hinter der Couch-Garnitur führen drei Stufen auf ein leicht angehobenes Plateau. Ein riesiges Fenster bildet die Wand dahinter und versorgt den Raum mit Licht. Es bietet einen atemberaubenden

Ausblick über die Felder innerhalb, sowie die Wälder außerhalb der Mauern. Auf der Glasscheibe tanzen Zahlen mit Statistiken und formen ein subtiles Muster aus Informationen.

Die Besucher treten ans Fenster und überblicken die Umgebung. Von hier oben kann man einige Roboter erkennen, die sich um die Felder kümmern. Sie huschen hin und her, kontrollieren überall, ob die Pflanzen genug Wasser haben und pflücken mit einer unvorstellbaren Präzision Schädlinge von den Halmen.

Aurora und Sylvester nehmen jetzt auch dieses grenzenlose Machtgefühl wahr. Logisch, dass das schnell abhängig und überheblich machen kann. Davon überwältigt, bemerken sie nicht, dass Andrea und Paul aus einem Nebenzimmer gekommen sind.

»Euch scheint zu gefallen, was ihr seht!«, ruft Sylvesters Vater nach den beiden.

Schlagartig drehen sie sich um und blicken zwei spindeldürren Gestalten entgegen. Die Folgen der vielen Arbeit haben eindeutig ihren Tribut gefordert. Obwohl seine Eltern Sylvester und seiner Freundin freundlich entgegenblicken, findet sich doch etwas Beängstigendes in ihren Gesichtern. Ihr seltsames Aussehen macht es schwer, ihr Alter zu schätzen, wenngleich sie laut Sylvester beide über hundert Jahre alt sein sollen. Sie tragen Laborkittel, Paul zusätzlich noch eine Brille. Sie erklären, dass sie noch eine Sache beenden mussten.

»Pinkerton, Kollens, setzt euch doch bitte!«, fordert Andrea die beiden freundlich auf.

Der Bitte folgend, setzen sich Sylvester und Aurora auf eines der Sofas. Die McKinnons setzen sich auf das gegenüberliegende.

Wie sie da sitzen, strahlen sie eine ungeheure Macht aus. Beide mit überschlagenen Beinen und einem freundlichen, aber erwartungsvollen Blick.

Paul beginnt das Gespräch und fällt direkt mit der Tür ins Haus. »Warum habt ihr Waffen mitgebracht? Nach deiner Nachricht, Pinkerton, sind wir davon ausgegangen, dass dies hier eine friedliche Unterhaltung wird.«

Andrea tippt einige Male auf ihr Tablet und plötzlich passiert etwas, mit dem weder Sylvester noch Aurora gerechnet haben. Die Armlehnen neben Andrea und ihrem Mann öffnen sich und es kommen zwei kleine Geschütztürme zum Vorschein. Die Lage ist schneller eskaliert, als es jeder vorhergesagt hätte. Glücklicherweise ist allen im Raum bewusst, dass das bloß eine Machtdemonstration ist. So dämlich kann keiner sein - seinen besten Informanten zu töten.

»Ihr habt ja Recht!« Sylvester hebt kurz die Hände, greift dann aber in seine Innentasche und legt seine Pistole vorsichtig auf den Tisch.

»Aurora?«, fordert er sie auf, es ihm gleich zu tun.

»Ja, natürlich.« Auch sie legt ihre Waffe weg.

Infolgedessen klappen auch die Lehnen wieder zu.

Bevor jemand etwas sagen könnte, meldet sich Aurora direkt zu Wort. »Was überhaupt für eine Nachricht?«

»Pinkerton hat sich bei uns gemeldet und uns wichtige Informationen angeboten. Andrea und ich waren natürlich sofort sehr interessiert. Besonders, da ihr beide keine Implantate habt und damit gegen die Gesetze der Regierung verstoßt.«

»Das ist ja eigentlich Ihr Gesetz. Sie bezahlen immerhin die Abgeordneten.«
Das lethargische Verhalten der Firmenführer ändert sich abrupt und sie scheinen Sylvesters Worten um einiges mehr Aufmerksamkeit zu schenken, als sie es bisher getan haben.

»Ich bin mir sicher, dass Sie nicht hier sind, weil Sie sich mit uns über unsere Firmenpolitik unterhalten möchten! Weshalb sind Sie dann hier? Welche Information, glauben Sie, ist uns so viel wert, dass wir ihre Missachtung der Gesetze ignorieren sollten? Sie sind zwar der verlässlichste Informationshändler für Corevisk, trotzdem können Sie nicht machen, was Sie wollen!«

Sylvester holt etwas aus seiner Hosentasche. Er streckt seinen Eltern die Hand entgegen. Als er sie öffnet, glänzt ein Speicherstick auf seiner Handfläche. Sylvester dreht ihn mit seinen Fingern hin und her.

»Was ist da drauf?«, fragt Andrea gespannt, während ihr Griff um das Tablet immer fester wird. Paul sieht gelassener aus, ist aber nicht weniger interessiert.

Sylvester beugt sich vor und hält den Datenträger zwischen Daumen und Zeigefinger.

»Hier drauf finden Sie alle Informationen, die ich zu einer *Alpha*, wie Sie sie nennen, auftreiben konnte. Aufenthaltsorte, Familienmitglieder und so weiter. Letztes Mal, als ich hier war, haben Sie mir davon erzählt, wissen Sie noch?«

Vorsichtig legt er den Stick auf den Tisch und schubst ihn zu Andrea. Er gleitet über den glatten Tisch. Sie stürzt sich sofort auf ihn. Ähnlich einem Wolf, der wochenlang nichts gefressen hat. Magnetisch hängt er an ihrem Tablet und sie kann die darauf gespeicherten Daten einsehen.

»Sie haben nicht gelogen, Pinkerton!« Sie wendet sich unglaublich freundlich Sylvester zu und beginnt mit ihm zu verhandeln. »Was Sie uns hier mitgebracht haben, wird uns sehr weiterhelfen. Aber ich bin sicher, dass Sie eine Entlohnung fordern. Was also hatten Sie sich vorgestellt?«

Obwohl Aurora nicht weiß, was das für Dateien sind, ist sie sich sicher, dass ihr Freund auf keinen Fall mit wahren Informationen handelt. Sie kennt ihn gut genug, um das zu wissen.

»Meine Forderungen sind einfach: Ich möchte wissen, weshalb Sie die gesamte Menschheit in ein künstliches Koma versetzt haben. Nach einer angemessenen Erklärung - wir haben ja jetzt genug Zeit - fordere ich, dass alle, die nur bewusstlos und nicht schon tot sind, wieder aufgeweckt werden, sowie die Abschaltung des Programms.«

Kurz füllt Stille den Raum, dann meldet sich Paul wieder zu Wort. »Das künstliche Koma sollte uns Zeit verschaffen, um an einigen Problemen zu arbeiten. Wir wollen, dass Krankheiten der Vergangenheit angehören. Leider benötigen wir für erfolgreiche Medikamente Menschenversuche. Damit wir diese ohne Störungen durchführen können, brauchten wir ein Mittel um den eigenen Willen vorübergehend auszusetzen. Unsere KI hat ein Implantat entwickelt, das vorrangig die Körperfunktionen überwacht. Dass man diese auch bedingt herunterfahren kann, ist uns erst während der ersten Tests aufgefallen. Nach und nach kamen auch noch andere Punkte hinzu, wie zum Beispiel die Lokalisierung von kritischen Personen.«

Sylvester unterbricht ihn. »Sie meinen Regimefeinde, die Sie nun umbringen können, ohne dass es jemandem auffällt!«

Die McKinnons atmen tief durch und machen mit ihren Händen eine beruhigende Bewegung. Andrea spricht für Paul weiter. »Nun, wir konnten den Plan nicht so perfektionieren, wie wir es gerne getan hätten. Jemand hat durch einen Datenträger, dessen Herkunft wir noch nicht genau kennen, von unserem Vorhaben Wind bekommen. Verständlicherweise mussten wir das Koma dann früher einleiten als geplant. Wir bedauern natürlich die vielen Toten.«

Jeder kann im Unterton hören, wie egal den Beiden die Opfer sind. Noch emotionsloser geht es wohl kaum.

»Andrea und ich werden mit der Hilfe unserer humanoiden Roboter unseren Arbeiten und Tests nachgehen, sobald ihr zwei auch Implantate besitzt. Wir werden niemanden aufwecken! Wir sind *die Spitze*, hier hat es begonnen und hier wird es zu Ende gehen.«

»Tja, ich schätze, dann kommen wir hier nicht weiter!« Sylvester beugt sich vor, schnappt sich den Speicherstick und steckt ihn zusammen mit seiner Pistole wieder ein. Auch Aurora nimmt sich ihre Waffe, ist aber geschockt, dass er nicht mal versucht, weiter zu verhandeln.

»Ah, fast hätte ich es vergessen! Ich habe ja noch ein Ass im Ärmel!«

Siegessicher, aber trotzdem neugierig, fragt Paul, was dieses Ass denn sein solle, und was er schon gegen eine solch große Firma ausrichten könne. Sylvester antwortet trocken und angeberisch.

»Die Dateien, die Sie sich gerade heruntergeladen haben, beinhalten einen kleinen Algorithmus, der sich nach dem Download auf dem Zentralrechner installiert. Von dort aus hat er mir soeben alle möglichen Firmengeheimnisse gesendet. Aufnahmen von Überwachungskameras, Verträge, Pläne für zukünftige Produkte, Beweise für Menschenversuche - all das befindet sich jetzt an einem sicheren Ort. Es wäre natürlich für Sie sehr unangenehm, wenn diese Geheimnisse irgendwann ans Licht kommen sollten, wenn die Menschen wieder bei Bewusstsein sind!«

Die Spitze sieht Pinkerton fassungslos an. Sowie sie bemerken, dass ihr Informant innerhalb weniger Sekunden die totale Kontrolle über die Situation übernommen hat, füllen sich ihre Gesichter mit Wut. Hastig such Andrea nach den Dateien und tippt nervös auf ihrem Tablet herum. Nachdem sie es aus der Hand gelegt hat, fangen die Statuen an, einen weißen Nebel zu speien.

»Dieses Gas wird in wenigen Sekunden den Raum ausreichend gefüllt und euch betäubt haben. Uns, als Alphas, macht das Gemisch nichts, wir sind quasi unverwundbar, aber ein normaler Mensch ist nach wenigen Atemzügen vollkommen bewusstlos. Dann bekommt ihr auch erstmal zwei dieser wundervollen Chips in euren Kopf!«

Das Machtverhältnis hat sich erneut und schlagartig geändert. Sylvester springt auf, ohne noch ein Wort zu sagen, packt Aurora am Arm und zerrt sie hinter sich her. Er sprintet in Richtung Fenster, will Chester anscheinend ein Zeichen geben.

Es fallen Schüsse.

»Es ist sinnlos, zu schießen! Ihr könnt uns nicht umbringen! Oder habt ihr euch etwa gerade selbst umgebracht!?«, schreit Paul lachend durch den undurchsichtigen Nebel. Zusammen mit seiner Frau geht er hindurch, ohne dass dieser Wirkung bei ihnen zeigt. Um nachzusehen, was gerade passiert ist, nähern sie sich vorsichtig der riesigen Glasscheibe.

Diese hat den Kugeln nicht standgehalten und ist in viele Scherben zerbrochen. Paul und Andrea sehen in die Tiefe und erblicken ihren flüchtenden Informationshändler mitsamt seiner Begleitung. Sie knöpfen sich die Kittel zu und verschwinden im giftigen Nebel.

Ein cleverer, wenn auch nicht ganz ungefährlicher Fluchtweg, den Sylvester gefunden hat. Die Beiden rutschen auf einem der fünf stützenden Füße des Towers Richtung Boden. Nach einigen Metern fast freien Falls, macht sich die Hyperbel-Form bemerkbar. Sie gleiten sanft zu Boden und rollen sich ab.

Sylvester und Aurora stehen schleunigst wieder auf und rennen, so schnell sie nur können, zum Auto, in dem Chester bereits wartet und dem Durchdrücken des Gaspedals entgegenfiebert.

Die beiden springen auf den Beifahrersitz - ganz egal, dass der nur für eine Person sein soll.

Sie rasen davon.

Chester scheint das Pedal am Boden erdrücken zu wollen.

Im letzten Moment schafft es Marx, das massive Stahltor zu hacken und es zu öffnen.

Sylvester ärgert sich enorm über den Ausgang der Situation. Er hatte gehofft, seine Eltern mit den Informationen besänftigen zu können. »Erst vergessen sie, dass sie einen Sohn haben und dann haben sie vor, ihn auch noch zu benutzen wie einen Sklaven. Unfassbar!«

Aurora, die sich auf Marx und Sylvesters Arsenal verlässt, fügt entschlossen noch etwas hinzu. »Wenn sie Krieg wollen, bekommen sie Krieg!«

SIEBEN

Der Wagen kommt vor dem Haus am See zum Stehen.

Chester steigt aus und holt die unbenutzten Koffer sowie den Chip des Androiden aus dem Kofferraum. Sylvester und Aurora hingegen wollen so schnell wie möglich in den Bunker, um die wenigen Möglichkeiten zu besprechen, die ihnen noch bleiben.

»Kannst du mit Marx' Hilfe nicht einfach deren Server übernehmen und die Menschheit wieder aufwecken? Marx kann doch alles hacken, das einen Computerchip hat!«

Auf der Veranda sitzen zwei Gestalten, offensichtlich bei Bewusstsein.

Sylvester hält Aurora auf und sie nähern sich den beiden vorsichtig.

Das Blut in ihren Adern gefriert, sobald sie die Besucher erkennen.

Vor ihnen sitzen Andrea und Paul McKinnon.

Sie sehen aus wie Obdachlose. Sylvester hätte sie fast nicht erkannt. Schmutzige, teilweise zerrissenen Kleidung bedeckt ihre Körper. Ihre Gesichter sind voller Dreck. Ein fettiger, ungepflegter Vollbart schmückt Pauls Gesicht.

Sie wirken bei Weitem nicht so mächtig und einflussreich, wie sie es vor wenigen Stunden noch taten. Die klinischen Kittel haben sie gegen billige Jacken und Hosen eingetauscht.

Aber wie konnten sie schneller hier sein als Chester mit dem Wagen? Ein Auto hatte ihn offensichtlich nicht überholt, einen Helikopter oder ein Flugzeug hätten sie bemerkt.

Gleichzeitig ziehen Sylvester und Aurora ihre Pistolen und richten sie auf ihre Besucher, unsicher dessen, was diese hier wollen.

»Sylvester«, Andrea und Paul reißen ihre Hände in die Höhe. »Was ist in dich gefahren!?«

»W-was?«

Sylvester lockert den Griff um seine Waffe und lässt sie ein Stück sinken. Seine Eltern reden mit ihm plötzlich wieder wie mit ihrem Sohn, nicht mehr wie mit einem Geschäftspartner.

Aurora spürt seine Unsicherheit und fährt für ihn fort: »Sie wollten uns eben noch gefangen nehmen und mit ihren mörderischen Chips versklaven! Was haben Sie hier zu suchen!?«

Die beiden Obdachlosen sehen sich an und begreifen sofort die Situation.

Paul wendet sich wieder Sylvester und seiner Freundin zu: »Wart ihr bei Corevisk? Mit uns habt ihr jedenfalls nicht gesprochen! Wir sind seit einem halben Jahr auf der Flucht. Seit mittlerweile sechs Monaten versuchen wir, unbemerkt mit dir reden zu können!«

»Diese Geschichte glaube ich euch nicht!« Er richtet die Waffe wieder aus und konzentriert sich. Was passiert, wenn sie plötzlich aufspringen und versuchen wegzulaufen? Werden Aurora und Sylvester schießen? Sie ist sich zwar nicht sicher, ob Sylvester schon mal auf einen Menschen geschossen hat, aber seine Eltern zu erschießen, würde wahrscheinlich niemand so einfach übers Herz bringen. Sein Griff ist fest und ein Schuss würde in jedem Fall treffen, aber in Sylvester macht sich Unsicherheit breit.

Stimmt das?

Sechs Monate…

Das ist etwa die Zeit, in der seine Eltern sich seltsam verhalten haben und ihn gar nicht mehr kennen wollten. Etwas hat sich also tatsächlich verändert. Nur was genau, ist Sylvester noch nicht klar. In diesen sechs Monaten hat er mindestens einmal persönlich mit seinen Eltern geredet, und das war im Corevisk-Tower. Das passt also überhaupt nicht zu der Version, die die McKinnons gerade erzählen, denn sie waren offensichtlich an ihrem Arbeitsplatz und nicht auf der Flucht vor irgendetwas. Es sei denn, sie hätten Doppelgänger eingestellt? Er verwirft diesen Gedanken sofort wieder, denn selbst ein Double mit einem Dutzend Helfern wäre nicht so intelligent wie die Spitze.

»Beweist, dass ihr Recht habt! ...und dass ihr euch an mich erinnern könnt.«

»Wir haben dich nie vergessen. Wie könnten wir!?«, versichert Paul und nimmt seine Hände wieder runter. Seine Frau tut es ihm gleich und beginnt zu erzählen: »Als du vor 16 Jahren geboren wurdest, hat das unser Leben komplett umgekrempelt und unsere alte Lebensfreude wieder zurückgebracht. Wir standen nicht mehr von morgens bis abends in Laboren oder haben Verhandlungen geführt. Du warst ein wunderschönes Kind und es hat uns immer so Spaß gemacht mit dir zu spielen. Wir waren überglücklich, als wir gesehen haben, wie erfolgreich du in der Schule bist! Kannst du dich noch an die vielen Abende erinnern, an denen wir in unser Chalet im Wald gefahren sind und gegrillt haben? Auf einer Lichtung hast du mit Stöcken und Steinen, die du während unserer Wanderungen gesammelt hast, Muster gelegt. Nachts haben wir dann oft ein Lagerfeuer gemacht und du wolltest jedes Mal Gruselgeschichten hören, bis du irgendwann eingeschlafen bist.«

Sie steht auf, geht auf Sylvester zu und umarmt ihn.

»Alles Gute zum Geburtstag, Schatz!«

Sein Vater kommt nach und legt seine Arme ebenfalls um die beiden.

Fassungslos lässt Sylvester die Pistole fallen. In seinen Augen sammeln sich Tränen. Er ist erschüttert, wie konnte er eine Waffe auf seine eigenen Eltern richten? Für ihn, der seine Eltern monatelang kaum gesehen hat, ist das hier fast unglaublich. Aufgrund der Vorkommnisse vor ein paar Stunden dachte er, er hätte seine Eltern nun endgültig an ihre Machtbesessenheit und ihre Experimente verloren. Doch obwohl Sylvester im Moment mit nichts als Glücksgefühlen gefüllt sein sollte, verspürt er weiterhin eine Unruhe, die ihn nicht loslassen will. Er drückt seine Eltern fester, in der Hoffnung, dass sie verschwindet. Einige Zeit stehen sie da, tun nichts, genießen die Zeit.

»Wie heißt mein Bruder?«, flüstert Sylvester.

Die Augen seiner Eltern öffnen sich schlagartig. Sie lassen von ihm ab und bleiben wie angewurzelt stehen. Entsetzt versuchen sie zu verstehen, was ihr Sohn gerade gesagt hat.

»Wie...? Er muss sich die Aufnahmen von damals angesehen haben!«

»Andrea, Liebling, das ist doch egal! Er weiß es«, versucht Paul seine Frau zu beruhigen. »Dein Bruder heißt James.«

Chester, der gerade die Koffer neben Sylvester und Aurora stellt, hebt den Kopf und sieht Sylvester an. Dieser erwidert seinen Blick nicht - wahrscheinlich hat er ihn gar nicht bemerkt. Er dreht sich langsam um und geht wieder zum Auto. Nachdenklich versucht er sich zu erklären, warum Sylvester ihn wie seinen Bruder anspricht.

»Wir haben damals…«, möchte Paul McKinnon fortfahren.

Er wird von Sylvester unterbrochen. Er teilt ihnen mit, dass er und auch Aurora bereits wissen, was passiert ist. Und auch, dass ihnen klar ist, dass es ein Unfall war. Er erklärt, dass er diese Frage nur zur Sicherheit gestellt hat, denn nur seine echten Eltern hätten sie beantworten können. Paul und Andrea fühlen sich wieder besser und auch Sylvesters Zweifel ihnen gegenüber sind verflogen.

»Entschuldigt, wenn ich euch unterbreche, aber wollen wir nicht reingehen?« Chester hält die schlichte, graue Schatulle mit dem Roboter-Speicherkern in der Hand und deutet mit seinem Arm auf die Tür.

»Ja, natürlich!« Sylvester hebt seine Waffe auf und hastet voran, Aurora an der Hand. Zu fünft flitzen sie durch das Attrappe-Haus, schieben in der Bibliothek das Bücherregal beiseite und stehen nur wenige Minuten später in der Grotte vor dem verschlossenen Stahltor.

Doch diesmal ist etwas anders: Keines der vielen kleinen Lichter leuchtet. Auch nachdem Sylvester Marx mehrmals gebeten hat, das Bunkersystem aus dem Tiefschlaf zu holen, passiert nichts. In diesem Moment merken sie wieder die Vorteile der Brillen, die sie tragen. Die eingebauten Sensoren können ihnen zumindest einen kleinen Teil der Höhle in der teerschwarzen Dunkelheit virtuell nachbauen.

»Außer uns ist hier niemand, soviel ist sicher«, teilt Sylvester leise mit. Er kennt jeden Abwehrmechanismus und jede Falle in dieser Höhle, was ihn zwar sicherer in seinen Bewegungen werden lässt, gleichzeitig aber auch seinen Stresslevel erhöht. Er weiß genau, was passieren kann, sollten die Fallen scharf geschaltet sein - obwohl er sich nicht erklären kann, wie das hätte geschehen können. Er darf keinen falschen Schritt machen! Auf Zehenspitzen schleicht er vorsichtig zu einer in den Felsen eingelassenen Schaltfläche. »Mal sehen ob sich von hier aus etwas tun lässt…«

Die anderen bleiben im Eingang der Höhle stehen.

Während er im System nach Notfallprogrammen sucht, die eventuell aktiviert sein könnten, erinnert sich Sylvester an den letzten Stromausfall in der Villa. Er war allein zu Hause, hatte seinen Angestellten frei gegeben, da er diese gelegentlich mehr als Babysitter wahrnahm. Mehr überrascht als erschrocken war er, als abends plötzlich alle Lichter und Bildschirme im Haus ausgingen. Im Dunkeln tastete er sich durch sein Zimmer zum Schreibtisch und suchte blind nach einer Taschenlampe. In der hintersten Ecke einer Schublade erfühlte er schließlich das kühle Stück Metall. Trotz der bescheidenen Größe eines USB-Sticks war die

Taschenlampe mit jeglichem Schnickschnack ausgestattet. Während Sylvester durch das Haus ins Wohnzimmer schlich, erhellte die Lampe jeden Raum und passte ihre Helligkeit selbst an, damit es nie zu hell oder zu dunkel war. Mit seiner Hand fuhr er an der Kante des großen Holztisches entlang. Er ging auf die Fensterfront zu, knipste die Lampe aus und legt sie auf die Ecke des Tisches. Die Glasscheibe ließ sich mit Leichtigkeit beiseiteschieben. Sylvester trat hinaus auf den Balkon und sah in die Ferne. Ruhig lag die Stadt in der Dunkelheit - so wie lange nicht mehr. Der Mond schien hell genug, um die fernen Gebäude nicht tot, sondern eher wie ein schlafendes Wesen wirken zu lassen. Eine leichte Brise verursachte kleine Wellen im Pool unter Sylvester, welche zusammen mit dem Mondlicht spielerische Muster auf sein Gesicht warfen. Er stand einfach nur da, am Geländer lehnend, mit geschlossenen Augen, den Moment genießend.

Pinkerton wird aus seinen Erinnerungen gerissen, als er ein ihm völlig unbekanntes *Programm für die Sicherheit von Bunkerbewohnern* entdeckt. Dieses Programm scheint tief im Bunker selbst eingebettet zu sein und hat offenbar alle Hintertüren und Zugangsmöglichkeiten virtuell zugemauert - auch Marx' eigene Sicherheitsalgorithmen. Nur ein Eingabefeld lässt sich öffnen. Nach kurzer Überlegung tippt Sylvester seinen Namen und Status ein.

Stille.

Nichts.

Erst einige Zeit später gehen zumindest die Lichter wieder an. Von der Konsole aus, breitet sich das Licht wie ein Lauffeuer über die vielen kleinen LEDs aus. Als würde jedes eine eigene kleine Persönlichkeit haben und nur gemeinsam, wie in einer Schwarmintelligenz, hell leuchten.

Sylvester bleibt vor dem schwarzen Display sitzen und wartet auf eine Antwort. »Marx? ... Marx, komm schon!«

Aurora läuft zu ihrem Freund, legt ihre Hände um sein Genick und dreht seinen Kopf in Richtung der riesigen Stahlscheibe. »Schau mal, da tut sich was.«

Sofort steht er auf und blickt genauso gespannt wie die anderen auf das Tor. Neugier gewinnt gegen die Angst vor dem Ungewissen.

Sylvester überlegt, ob er seinen Eltern von dem Programm erzählen soll, welches gerade aktiv ist. Da sie schon damals angesehene Wissenschaftler waren, ist die Chance hoch, dass sie an der Entwicklung beteiligt waren. Aber er weiß ja nicht mal, wie alt das Programm ist. Er bleibt still und wartet ab.

Aurora nimmt seine Hand.

Die vielen Tonnen Stahl knarzen gemächlich. Zuerst dreht sich in der Mitte eine runde Platte. Diese scheint wie ein Schloss zu funktionieren, sieht jedoch zu schwer aus, als dass man sie von

Hand betätigen könnte. Sowie die Drehbewegung aufgehört hat, bewegen sich zwei waagerechte, meterlange Stahlbarren nach links und nach rechts. Sie verschwinden fast komplett im Gestein. Erst jetzt bewegen sich die zwei schrägen Halbkreise ächzend auseinander. Helles Licht dringt durch den Spalt.

Um nicht geblendet zu werden, heben Aurora und die anderen ihren Arm vors Gesicht und versuchen, ihre Augen offen zu halten. Als der Spalt breit genug ist, sind zwei Schatten zu sehen. Sylvester ist nicht überrascht, denn er hat mit etwas derartigem gerechnet. Obwohl ihm unklar ist, wer das sein könnte, zieht er nicht seine Waffe. Wären diese Personen gefährlich, hätte Marx sich bereits um sie gekümmert.

Die Silhouetten kommen auf die Gruppe zu. Sie kommen Aurora besorgniserregend bekannt vor. Vor ihnen stehen Alexis und Jack Kollens, die Großeltern von Aurora.

Sie rennt sofort los und stürzt sich auf die beiden.

»Ich dachte, ihr seid tot!« Aurora macht eine Pause und umarmt ihre Großeltern, als würde sie sie nie wieder loslassen wollen. »Wie seid ihr aufgewacht? Nach dem Kurzschluss, den eure Transmitter ausgelöst haben, müsstet ihr doch tot sein…«

»Wir waren nie bewusstlos«, verblüfft Alexis alle Anwesenden.

Aurora reißt ihre Augen auf. Sie tritt einen Schritt zurück und hört sich erst einmal an, was ihre Großeltern zu erzählen haben.

»Es hat uns sehr gefreut, dass du direkt bei uns aufgetaucht bist, Schatz!« Den Rest lässt sie Jack erklären.

»Tatsächlich waren wir die ganze Zeit über bei vollem Bewusstsein. Also danke Pinkerton, dass Sie unsere Augenlider geschlossen haben, das wäre sonst wohl sehr unangenehm geworden.« Jack macht eine dankbare Kopfbewegung in Richtung Sylvester, welche dieser höflich erwidert.

»Natürlich waren die Transmitter in unseren Körpern auch von Corevisk, allerdings haben wir es geschafft, deren Betriebssystem durch unser eigenes auszutauschen. Was anfangs als Erweiterung der Funktionen gedacht war, hat uns letztendlich das Leben gerettet!«

Sylvester unterbricht ihn. »Aber Marx hat uns von einer Art Kurzschluss berichtet. Marx macht keine Fehler!«

Jack nickt. »Natürlich nicht. Hättet ihr ihm mal weiter zugehört! Der Kurzschluss, von dem er gesprochen hat, war eine kurze Energiespitze. Das Betriebssystem hat erkannt, dass etwas passiert ist, für das es kein Protokoll gibt, und musste selbst eine Lösung finden. Er wollte euch mitteilen, dass die Transmitter gegen das neue Implantat ankämpfen und es zerlegen. Die vollständige Zerstörung hat mindestens zwei Tage gedauert. Wir sind aber irgendwann eingeschlafen.« Er sieht, dass sich Aurora viele Sorgen und Vorwürfe macht und erspart ihr weitere Details.

»Uns geht es gut«, betont Alexis ihr Wohlbefinden, hat jedoch auch eine schlechte Nachricht für ihre Enkelin. »Deinen Eltern aber leider nicht.«

Aurora dreht ihren Kopf fragend auf eine Seite.

»Sie waren auf ihrer Baustelle und sind anscheinend aus einem der unfertigen Stockwerke gefallen. Wir waren dort, bevor wie hierhergekommen sind.«

Aurora blickt zu Boden und versucht aus Menschlichkeit eine Träne zu erzeugen. Es gelingt ihr nicht. Sie ist so froh, dass ihre geliebten Großeltern noch am Leben sind, dass der Tod ihrer eigenen Eltern nahezu bedeutungslos wirkt.

Sie hebt ihren Kopf wieder und sieht Alexis und Jack abwechselnd an. Die drei versuchen, die gegenseitigen Blicke zu deuten. Sie verstehen sich.

»Gut, ich denke dann sind wir uns einig«, sagt Jack und dreht sich um. Alexis und die anderen folgen ihm. Die Lichter in der Höhle gehen aus und der Stahlkoloss schließt sich hinter ihnen.

»Wie seid ihr überhaupt hier reingekommen?«, fragt Sylvester auf dem Weg zum Kontrollraum. Da er Auroras Großeltern bereits vor Monaten kennengelernt hat, duzen sie sich gegenseitig.

»Wir sind noch schnell durch das Tor geschlüpft, als Aurora den Bunker verlassen hat. Marx wollte erst Alarm auslösen und uns eliminieren, aber als wir unsere Kapuzen abnahmen und unsere Namen nannten, hat er uns als Bewohner eines anderen Bunkers erkannt. Jeder Bewohner eines Bunkers hat das Recht, in einem anderen Schutz zu suchen. Das sollte eine Absicherung für den Fall sein, dass die Bunker zeitnah nach ihrer Öffnung wieder benötigt werden und nicht jeder in der Nähe seines ursprünglichen ist.«

»Auf jeden Fall schön, dass ihr hier und vor allem am Leben seid!« Sylvester wirft ein freundliches Nicken in Richtung der Kollens und dreht sich um. Er setzt sich in den Stuhl im Kontrollraum, stützt sich mit den Ellenbogen auf seinen Knien ab und massiert nachdenklich seine Stirn.

Die Stimmen der anderen werden in seinem Kopf immer leiser. Er war sich sicher, dass er mithilfe des Druckmittels Corevisk in die Knie zwingen und die Menschen aus ihrem Koma holen könnte. Doch jetzt ist die Situation viel schlimmer als gedacht. Egal, wie lange er nachdenkt, und wie sehr er sich auch anstrengt, ihm fällt keine Lösung ein.

»Sylvester, mich hat soeben eine Video-Nachricht erreicht.« Marx' Gesicht erscheint.

Ein kleiner Funke Hoffnung richtet Sylvester wieder auf.

»Das Signal kommt aus dem Ozean. Möchtest du, dass ich es abspiele?«

»Ja, natürlich.« Er steht auf und schiebt sich seine Brille wieder die Nase hoch.

Das Video zeigt eine blonde Frau, die scheinbar in einer Kapsel unter Wasser steht. Nur eine kaum sichtbare Glaswand trennt sie von den überwältigenden Wassermassen. Ein wunderschöner, türkiser Schimmer füllt den Raum aus. Auf der anderen Seite der Scheibe tummeln sich Fische, Korallen und andere Meeresbewohner. Im Hintergrund kann man ein idyllisches Riff entdecken.

»Hallo, ich bin Kyra.« Die Frau winkt freundlich und wirkt dabei sehr vertraut. »Ich habe mitbekommen, dass es da oben zu einigen Problemen gekommen ist. Solltet ihr mit VARIS, der KI von Corevisk, kommunizieren wollen oder in irgendeiner Form Hilfe brauchen, kommt hierher. Ich wohne im Unterwasser-Hotel *Anemone*. Eddie wird euch zu mir bringen. Er wartet am Hafen auf euch. Lasst euch so viel Zeit wie ihr braucht.« Sie verabschiedet sich und das Video endet.

Eine kurze Zeit lang sehen sich Aurora und die Anderen verwundert an.

Sylvester bittet Marx, alles über Kyra und dieses Hotel herauszufinden.

»Ich habe einen Ordner gefunden. James scheint ihn extra für dich angelegt zu haben.«

»Marx, fasse bitte das Wichtigste zusammen und erstelle uns eine Übersicht über …«

Andrea fällt ihrem Sohn ins Wort: »James lebt!?«

An den Wänden öffnen sich viele Dateien. Über Finanzen und Gästelisten, bis hin zu Bauplänen und Videos des Überwachungssystems, ist hier alles zu finden. James hat anscheinend alles über die Anemone zusammengetragen, was es zu wissen gibt.

Sylvester steht auf.

»Ich weiß nicht, wo er sich im Moment aufhält, aber ja, er lebt. Er war es, der mir diesen Bunker gezeigt und überlassen hat.«

Seine Eltern sehen ihn angespannt und verängstigt an. Ihnen ist bewusst, dass James sie mit großer Wahrscheinlichkeit hasst. Es war nicht die feine englische Art, als sie ihn im Bunker zurückgelassen haben.

»Eines Tages, als ich nach Hause kam, fand ich einen Zettel mit Koordinaten, unterschrieben mit *Dein Bruder*. Es waren die Koordinaten dieses Bunkers. Als ich hier ankam, hat er mir alles gezeigt und erklärt und sich anschließend verabschiedet. Ich werde seine Worte nie vergessen: *Ich habe jetzt keine Zeit mehr, aber wir werden uns schon sehr bald wiedersehen!*«

»Wann war das?«, wirft sein Vater ein. Paul ist zu gleichen Teilen geschockt und interessiert.

»Vor sechs Monaten.«

»Das heißt, er wusste, wie deine Eltern, dass etwas bei Corevisk schief läuft und hat dir in weiser

Voraussicht den Bunker überlassen«, bemerkt Aurora. Ihr fällt aber auch noch etwas anderes auf. »Muss ich dann irgendwann mit James leben, ohne dich? Und mich mit ihm …«, sie zögert. »fortpflanzen?«

Andrea und Paul fühlen sich in Erklärungsnot.

»Es tut uns leid, unser Plan hat nicht ganz funktioniert. Eigentlich sollte zwischen den Alphas kein großer Altersunterschied liegen. Wir haben uns vorhin, als wir deine Augenfarbe gesehen haben, genau das gleiche gedacht, wie du.«

»Ich habe Aurora bereits über eure Forschung und die fragwürdigen Experimente aufgeklärt. James hatte sie ausreichend dokumentiert«, erklärt Sylvester und wendet sich Aurora zu. »Keine Sorge, du musst das nicht mit James machen. Ich denke es ist an der Zeit, euch etwas zu zeigen.«

Alle im Raum starren ihn an. Niemand hat auch nur die geringste Ahnung, was dieses Geheimnis sein könnte. Nur Chester, der ständig an Sylvesters Seite ist, kennt es. Es liegt eine beunruhigende Stille im Raum. Es wirkt fast so, als würde auch Marx gespannt auf eine Antwort warten. Sein Blinzeln macht ihn unterbewusst unglaublich menschlich. Die Sekunden, bis Sylvester sie aufklärt, fühlen sich an wie Minuten, vor allem für Aurora.

Entgegen allen Erwartungen fährt er fort, ohne auch nur ein einziges Wort zu sagen. Er nimmt seine Brille ab, klappt die Bügel ein und schiebt sie in seine Hosentasche. Gebannt sehen ihm alle dabei zu. Er greift sich erneut ins Gesicht. Wie eine Zange, greift er mit Daumen und Zeigefinger nach etwas. Sylvester holt zwei blau gefärbte Kontaktlinsen aus seinen Augen. Seine Iris ist jetzt ebenso farblos, wie die von Aurora.

Alle im Raum sind sprachlos. Ihre Gesichter strahlen Verdutzen aus. Sie wissen, was das bedeutet, jedoch hat keiner bereits wirklich begriffen, was gerade passiert ist.

Sylvesters Eltern wundern sich jedoch, dass er als Kind farbige Augen hatte. Erst nach einiger Zeit realisieren sie, dass es besser war, dass sie keine Ahnung hatten. Hätten sie es gewusst, wüsste VARIS es jetzt auch.

Sylvester erklärt, dass seine Augen erst während der Pubertät ihre Farbe verloren haben. In dieser Zeit hat er bereits nicht mehr mit seinen Eltern zusammengewohnt.

Aurora braucht nicht so lange. Obwohl sie enttäuscht ist, dass er es ihr nicht früher gesagt hat, ist sie froh, dass auch er ein Alpha ist. Im Innersten hat sie es sich schon die ganze Zeit gewünscht, seit sie es über sich selbst erfahren hat. Nun muss sie sich keine Gedanken mehr über ein Leben mit James machen. In ihren Augen sammeln sich kleine Glückstränen.

Lange und akribisch untersuchen sie die Dateien in James' Ordner. Während sich die anderen mit Gästelisten und Überwachungsvideos beschäftigen, lernen Aurora und Sylvester die Baupläne auswendig. Sollten sie wirklich dort runter tauchen, möchten sie sich möglichst gut auskennen. Vielleicht verschafft ihnen das sogar einen Vorteil. Wer weiß, was sie dort unten erwarten wird? Ist es einfach nur ein Luxushotel oder wurde es eventuell zu Zeiten des Dritten Weltkriegs umgebaut und als militärische Geheimbasis genutzt? Vor allem Kyras noch ungeklärte Identität beunruhigt Sylvester. Die Frau, die sie gesehen haben, kann höchstens 20 Jahre alt sein. Der Fakt, dass sie auf keiner Liste steht und auch auf keinem Video der Überwachungskameras zu finden ist - wie Auroras Großvater berichtet hat - wirft nur noch mehr Fragen auf.

Ein lautes, unüberhörbares Klingeln reißt alle aus ihrer Arbeit. Es kommt aus der Richtung von Auroras Großeltern. Hat einer von ihnen etwa ein Telefon dabei!? Tatsächlich. Alexis greift in ihre Hosentasche und holt ein Smartphone hervor. Das Klingeln wird lauter und aufdringlicher. Wer auch immer der Anrufer ist, er gibt nicht auf.

Sylvesters Gedanken kommen ins Schweifen. Anfangs waren sie nur zu zweit; Aurora und Sylvester, dann wurde Chester von Marx aufgeweckt. Jetzt finden sie erst Sylvesters verschollene Eltern und auch Alexis und Jack sind zu ihnen gestoßen und vollkommen einsatzfähig. Menschen, von dessen Tod sie gänzlich überzeugt waren, leben. Wäre es also möglich, dass noch Weitere wach sind?

Leute, die durch Fehler oder Verbindungsabbrüche geweckt wurden? Existieren im Masterplan von Corevisk überhaupt Fehler? Sylvester geht davon aus, dass VARIS eine ähnliche Funktion besitzt wie Marx. Die ständige Überprüfung und das stündliche Umschreiben des Codes schaffen Marx einen unentwegt größer werdenden und unüberwindbaren Schutzwall. Im Zusammenspiel mit vielen weiteren Sicherheitsmechanismen wird er unangreifbar. Sylvester hat ihn zwar nicht programmiert, kennt aber jede seiner Funktionen. James hat die KI vor vielen Jahren geschaffen und ihr den Namen eines seiner Vorbilder gegeben. Marx. Karl Marx hat sich im 19. Jahrhundert mit Vielem beschäftigt. Er war Journalist und Philosoph und machte sich viele Gedanken über die Gesellschaft. Er kritisierte den damals herrschenden Kapitalismus.

Aurora tippt Sylvester auf die Schulter, was ihn wieder zurück ins Jetzt befördert.

»Hm?«

Sie nickt in Richtung ihrer Großmutter.

»Auf meinem Handy läuft eine Live-Übertragung«, erklärt Alexis. »Sie kommt anscheinend direkt von VARIS.«

»Warum hast du ein Smartphone dabei!?« Sylvester denkt nicht einmal daran, auf die Übertragung einzugehen.

»Das ist ein altes Teil aus 2030!«, verteidigt sie sich. »Niemand kann uns damit orten! Es ist schon schwer genug, heute mit dieser uralten Technologie zu telefonieren. Und da wir hier unten sind, kann ich höchstens mit einem Funkmast verbunden sein. Es ist also ausgeschlossen, dass wir gefunden werden.«

Sylvester akzeptiert die Erklärung. Obwohl ihm weiterhin nicht ganz klar ist, warum sie es überhaupt mitgebracht hat.

»Ich weiß was das ist, dieses Bild auf deinem Handy.«

Er lässt einen Moment der Stille verstreichen.

»James nennt es *Das Innerste*. Es soll darstellen, was die KI denkt und vorhat und kann sehr … abstrus sein.«

»Er scheint nicht genau vorhersehen zu können, was wir als nächstes tun werden«, wirft Chester ein. »Wahrscheinlich möchte VARIS uns damit beruhigen.«

»Ja, vielleicht …«, erwidert Sylvester zweifelnd.

Auf dem Display von Alexis' Handy zeichnet sich ein seltsames Bild ab. Ein bunt gefiederter Papagei sitzt auf einem dünnen Ast. Der Vogel sieht aus wie gemalt, so knallig sind seine Farben. Sein Bauch und die Innenseiten seiner Flügel sind orange, von den Außenseiten der Flügel zieht sich über seinen Rücken ein tiefes Blau, welches auf der Stirn des Papageis in ein sattes Grün übergeht. Sein Schnabel ist schwarz, sowie eine kleine

Ansammlung von Federn an seinem Hals und seinen Füßen. Seitlich zieht sich das Orange bis fast zu seinen Augen hoch und endet im weißen Gesicht des Vogels. Dank der grellen Farben und der natürlichen Bewegungen wirkt das Geschöpf real und sogar freundlich, obwohl es lediglich eine Simulation ist.

»Glaubt ihr, das ist das Innere von VARIS?«, fragt Sylvester seine Eltern unsicher. »Ihr kennt die KI viel besser, ihr habt sie geschaffen.«

»Wir haben sie programmiert!«, antwortet Paul.

»Geschaffen hat sich VARIS selbst«, meint Andrea und sieht dabei ein bisschen stolz aus.

»Ist der Name eine Abkürzung?« Chester spricht aus, was sich alle seit Kyras Nachricht fragen.

»V.A.R.I.S. bedeutet *virtual assistant for research and intelligent systems*«, erklärt Andrea. »Ursprünglich war eine KI für uns nur ein Hirngespinst, aber über die letzten Jahre dachten wir uns immer öfter, dass Projekte schneller fertig werden könnten oder wir selbst nicht mehr so viel arbeiten müssten - damit wir wieder für dich da sein könnten und Zeit füreinander hätten. Lange haben wir und VARIS perfekt zusammengearbeitet und wirklich viel größere Ziele erreicht als je zuvor. Der Fortschritt lag im Mittelpunkt. Irgendwann - den Zeitpunkt können wir nicht genau bestimmen - tätigte VARIS die Annahme, wir würden für den Fortschritt alles tun und keine Grenzen kennen. Als uns vor etwas über einem halben Jahr zwei perfekte Kopien unserer Selbst in der Spitze begrüßten und anboten, uns eine Auszeit zu genehmigen, hielten wir das im ersten Moment für keine schlechte Idee. VARIS, der die beiden Androiden steuert, kannte uns inzwischen unwahrscheinlich gut. Ein paar Tage später wollten wir uns ins System einloggen, um nachzusehen, woran unsere KI gerade so arbeitet und ob sich schon etwas geändert hat. Wir waren jedoch ausgesperrt! Unsere Passwörter funktionierten nicht und alle backdoors waren bereits verschlossen. Den Kampf gegen unsere eigene Firma…«

Chester räuspert sich. »Gegen die Regierung. Corevisk ist die Regierung!«

Paul wirft ihm einen kritischen Blick zu. »Jedenfalls begann er, als Drohnen versucht haben, uns umzubringen. Seitdem verstecken wir uns. Vor drei Tagen bemerkten wir, dass die Menschen in der Stadt bewusstlos sind. Unsere Vermutung ist eine Droge, wisst ihr mehr? Aurora hat vorhin ein Implantat erwähnt.«

»Corevisk - wahrscheinlich VARIS - hat nicht nur diese Stadt, sondern die gesamte Menschheit in ein künstliches Koma versetzt.« Aurora beginnt zu erklären. »Gesetzlich wurde jeder verpflichtet, ein Implantat im Kopf zu haben.«

»Wie kommt eine KI auf die Idee, solch ein Gerät zu entwickeln, Vater?«

»Wahrscheinlich hat VARIS eines unserer Projekte weitergeführt«, vermutet Paul. »Wir haben seit einigen Jahren an einem Implantat gearbeitet, das sich an das menschliche Nervensystem individuell anpassen kann. So wollten wir schwerwiegende Nervenkrankheiten heilen.«

»Ich habe eins dieser Dinger im Kopf.« Chester steht nun im sinnbildlichen Mittelpunkt der Unterhaltung. »Marx konnte es überbrücken und mich wieder aufwecken. Es hat sich herausgestellt, dass die Implantate kein eigenes Betriebssystem haben, sondern die Befehle direkt aus dem Corevisk-Tower kommen.« Chester ist ganz klar nicht begeistert davon.

Paul bemerkt das. »Hm, die Tatsache, dass die Anweisungen vom Tower kommen, könnte nützlich sein.«

Marx meldet sich: »Jetzt sind alle auf dem neusten Stand. Ich habe für unsere Gäste ein Notlager im Speisesaal eigerichtet. Solltet ihr zusätzliche Möbel benötigen, lasst es mich wissen.«

»Danke«, meint Paul. »Aber ich denke, uns reichen die normalen Quartiere. Was meint ihr?« Er sieht zu seinen alten Bekannten, den Kollens.

»Ja, ich denke auch«, antwortet Jack.

Sylvester hält die vier auf, als sie gehen möchten. »Das ist leider nicht möglich.«

»Warum?«, fragt seine Mutter irritiert.

Sylvester grübelt. Es fällt ihm schwer, abzuwägen, ob er ein weiteres Geheimnis lüften soll. Wenn die Informationen in den Quartieren in die falschen Hände gelangen, könnte das fatale Folgen für Marx und den Bunker haben. Letztendlich entscheidet er sich dagegen. »Vielleicht zeige ich euch das ein anderes Mal.«

Sein Vater hebt eine Augenbraue. »Na gut, dann werden wir uns jetzt mal ausgiebig pflegen und anständig kleiden.« Zusammen mit seiner Frau verlässt er den Raum.

Nach und nach gehen auch die anderen.

Aurora sieht nach ihren Großeltern im Notlager. Sie haben die rechte Hälfte des Lagers. Es besteht aus einigen Trennwänden, Schränken und Betten und befindet sich im hinteren Teil des riesigen Speisesaals. Ob die Waschbecken an den Wänden schon immer dort hingen, kann Aurora nicht sagen. Vielleicht waren sie nur versteckt oder Marx hat sie mithilfe seiner kleinen Roboter gebaut.

Alexis und Jack räumen gerade ihre Kleidung aus ihren Rucksäcken in einen der Schränke, als Aurora zu ihnen kommt.

»Oh, hallo Schatz!«

Aurora lehnt sich gegen eine der Wände. Sie ist unerwartet stabil. »Ihr seid also eigentlich gar keine Politiker. Ich habe euch immer nur in der Politik erlebt, aber eigentlich seid ihr Wissenschaftler.«

Ihre Großeltern brechen ihre Arbeit ab und wenden sich ihr zu.

»Sylvester hat es mir in einer Simulation erzählt. Wir waren in dem Krankenhaus mit dir und seinen Eltern. Am letzten Tag der alten Welt.«

»Und jetzt?«, fragt Jack. Es klingt wie eine ganz normale Frage.

»Ihr habt mir immer alles erzählt, das dachte ich zumindest. Warum das nicht?«

»Wie hätten wir das denn tun sollen? Allen, die sich noch an die Zeit vor den Bunkern erinnern können, wurde verboten darüber zu sprechen.« Alexis ist sichtlich bedrückt, dass Aurora es so erfahren hat.

»Hm. Warum habt ihr den McKinnons überhaupt bei ihrem Gentechnikprojekt geholfen? Habt ihr damals nicht erkannt, was man damit anrichten kann?«

»Natürlich haben wir das!«, wehrt Alexis ab. »Und außerdem haben nicht wir ihnen geholfen, sondern sie uns. Wir brauchten bloß jemanden mit Geld und weitere Wissenschaftler. Das Geld kam von der Regierung und die McKinnons waren die Einzigen, die das Projekt nicht für inhuman hielten.«

»Was!? Das Ganze war eure Idee?«

»Ja. Wir hatten unseren Doktortitel ganz frisch und wollten unbedingt Gott spielen.«

Andrea und Paul haben das Gespräch offenbar mitbekommen, denn sie stehen plötzlich hinter Aurora. »Hat hier jemand Lust auf eine Runde Karten?«

»Ja, wir spielen mit.«

Aurora bleibt stehen, während ihre Großeltern an ihr vorbeigehen. Sie ist nicht sauer oder enttäuscht, sie weiß nicht, was genau sie gerade fühlt.

»Aurora, möchtest du auch mitspielen?« Die Vier sitzen schon an einem Tisch und haben von irgendwo ein Kartendeck besorgt.

»Nein, spielt nur. Vielleicht irgendwann anders.« Nachdenklich und mit verschränkten Armen verlässt sie den Speisesaal.

Die junge Kollens liegt faul neben ihrem Freund im Bett und starrt die Decke an. Er hingegen geht mit einem Tablet immer und immer wieder die Dateien in James Ordner durch, in der Hoffnung noch irgendetwas zu finden. Es scheint, als könnten sie nichts gegen Corevisk ausrichten, solange alle im Koma verweilen.

»Willst du hier einziehen?«

»W…Was!?« Aurora kann kaum glauben was Sylvester gerade gesagt hat.

»Hier wärst du sicher. Für immer!« Er steckt das Tablet in einen senkrechten Schlitz in der Wand. Erwartungsvoll sieht er seine Freundin an und wartet auf eine Reaktion.

»Hm…« Aurora zögert, obwohl sich ihre Herzfrequenz schlagartig verdoppelt hat und sie rot anläuft. »Ich weiß nicht, mir ist es hier viel zu leer und unbelebt.« Seltsamerweise ist es ihr peinlich, das so direkt zu sagen, wo sie doch sonst auch immer so offen ist. »Aber in der Villa würde es mir gefallen. Da ist es viel wohnlicher als hier.«

Als sie das sagt, scheint Sylvester etwas realisiert zu haben. Einige Sekunden lang starrt er durch sie hindurch, als existiere sie gar nicht, anschließend stürmt er aus dem Zimmer.

Nur wenige Minuten später hört man ihn über die Freisprechanlage des Bunkers: »Kommt sofort alle in den Kontrollraum! Wir können gewinnen!«

ACHT

Sylvester und Aurora überblicken von einer Hafenmauer aus das riesige Areal, über welches sich der Hafen erstreckt. Dieser scheint schon Ewigkeiten nicht mehr benutzt worden zu sein. Vielleicht seit dem Ende des Krieges nicht mehr? Die wenigen Überreste der Hallen sind vollkommen von Pflanzen überwuchert. Ehemals geordnet gestapelte Container liegen wild durcheinander auf dem ganzen Hafengelände verstreut und dienen Bäumen mit halbtransparenten, rosafarbenen Blättern als überdimensionierte Blumentöpfe. Ein zu gleichen Teilen fremdartiges und wunderschönes Bild. Auf einem der Schiffswracks liegen umgekippte Waffenkisten, deren Inhalt sich ungleichmäßig über das gesamte Deck verteilt. Zwei moosbedeckte Panzer stehen unbrauchbar daneben. Aus dem

Rohr des einen baumelt vorne eine Ranke heraus. Oder ist das ein Tierschwanz? Eine Schlange?

Plötzlich nehmen die beiden Beobachter auch all die anderen Lebensformen wahr und die zuvor ruhig wirkende Umgebung wandelt sich mit einem Schlag. Mehrere Hyänen streifen durch die Containerlandschaft, ständig auf der Suche nach Nahrung. Einer von ihnen hat Glück und zieht aus einer Nische einen nicht mehr identifizierbaren Kadaver hervor, schleift ihn zu einer Kreuzung und ruft seine Artgenossen zu sich. Nur wenig später zehren sie gemeinsam von dem Fleisch. Beim zweiten Blick ist das, was auch immer aus dem Panzerrohr hing, verschwunden.

Ein Ding von vollkommen anderer Natur erregt Sylvesters Aufmerksamkeit. Knapp unter der Wasseroberfläche befindet sich eine Sphäre, die einer großen Luftblase ähnelt, eingeschlossen im Eis. Augenscheinlich ist sie schon die ganze Zeit über dort. Ruht, wartet.

Aurora folgt seinem Blick. »Denkst du, das ist Eddie?«

»Wahrscheinlich. Selbst wenn nicht, sollten wir uns das trotzdem mal ansehen.«

»Ein Unterwasser-Hotel, gut möglich, dass wir mit einem U-Boot abgeholt werden.«

Über einen schief an der Hafenmauer lehnenden Frachtcontainer steigen sie hinab und begeben sich auf den Weg zu dem Pier, an dem die Luftblase liegt.

Beim Vorbeigehen realisieren sie, dass die rosafarbenen Blätter keine sind. Vielmehr haben Schmetterlinge derselben Farbe ein baumähnliches Nest gebaut und sitzen oder hängen an den Ästen. Vereinzelt lässt sich eines der filigranen Tierchen fallen, fängt sich in einem schwungvollen Manöver ab, schnappt sich im Flug ein Insekt vom Boden und fliegt wieder zu seiner alten Stelle am Baum. Immer wieder ist das Knacken eines Käferpanzers zu vernehmen. Sieht man genau hin, kann man kräftige, zangenartige Kiefer erkennen, die einem einen kalten Schauer den Rücken hinunterschicken. Die Schönheit der Natur liegt in ihrer vermeintlichen Unschuld.

Während sich Aurora und Sylvester noch auf den letzten Metern zum Wasser befinden, fängt die gläserne Luftblase an aufzusteigen. Sie erhebt sich majestätisch aus dem Wasser. Die kleinen Tröpfchen brechen das Licht wie Abermillionen Prismen. Zischend öffnet sich eine Luke. Die Glaskuppel, die sie von oben gesehen haben, ist nur die Oberseite eines stählernen Schiffs. Als sich die Luke vollständig geöffnet hat und die Gangway ausgefahren ist, lässt sich die gesamte Größe des Schiffs erahnen. Der Eingang befindet sich jetzt in mehreren Metern Höhe.

Entgegen jeder Erwartung tritt kein Mensch aus der Öffnung. Ein Roboter rollt ihnen auf zwei Ketten entgegen. Sein Körper ähnelt einer Mülltonne aus poliertem Edelstahl mit zwei mechanischen

Armen. Auf der Oberseite halten blau leuchtende Drähte zwei Sensoren, die Augen gleichen.

»Hallo.« Startet Sylvester eine Konversation, der Motive des Roboters unsicher. Und ob er überhaupt antworten wird.

»Guten Tag, Sylvester Pinkerton und Aurora Kollens!« Obwohl er keinerlei Mimik erzeugen kann, wirkt der Roboter höflich. Die perfekt menschliche Modulation seiner Stimme schafft fast eine gewisse Vertrautheit. »Ich bin Eddie.«

»Du … bist anders als wir dachten. Wie lange wartest du hier schon?«

»Seit Kyra euch die Nachricht geschickt hat. Kommt mit.« Er dreht sich um und rollt wieder zurück ins Innere. Aurora und Sylvester folgen.

Unter der Kuppel ist nur ein Raum, die Brücke. Zu ihrer Überraschung finden die beiden Besucher keinerlei Anzeigen oder Armaturen zur Steuerung des Schiffs. Lediglich ein Handlauf entlang der Glasscheibe schmückt den Raum. Die Besucher des Hotels wurden wahrscheinlich mit demselben Service abgeholt, wie Aurora und Sylvester jetzt, und durften hier oben die Fahrt miterleben. Im hinteren Teil des Raumes geht eine große Treppe in die unteren Decks. Schilder weisen auf eine Kombüse und Kabinen hin.

Eddie fährt auf eine Platte ganz vorne im Raum. Automatisch kommen Kabel aus dem Boden und verbinden sich mit dem Roboter. Sie scheinen jeglicher Gravitation zu trotzen.

»Steuerst du damit das Schiff?«, fragt Aurora.

»Ja. Können wir los?«

»Natürlich«, antwortet Sylvester, nachdem Aurora ihm zugenickt hat.

Die Luke schließt sich und die Gangway fährt ein. Der Boden vibriert, sie legen ab.

»Entschuldigt bitte, dass ich so dränge, aber Kyra will, dass ich euch so schnell wie möglich zu ihr bringe. Alle Fragen kann ich euch unterwegs beantworten.«

~

Währenddessen schlägt sich Chester durchs Dickicht. Bereits am Vortag hat er sich auf den Weg zu dem wahrscheinlich wichtigsten Teil des Plans gemacht. Nun ist er fast angekommen. Über den letzten Hügel zieht sich ein Waldweg. Obwohl er sich außerhalb der Mauern befindet, wirkt der Pfad nicht so, als hätte ihn seit Jahrzehnten niemand mehr betreten. Er schlängelt sich klar erkennbar an dicken Stämmen und mannshohen Felsen vorbei. Chester bleibt zielsicher vor einem Felsen stehen. Er hebt einen großen Stein auf und schlägt damit auf ihn ein. Wie er erwartet hat, bricht der Fels nach einigen kräftigen Schlägen zusammen. Eine fingerdicke Schicht eines gipsähnlichen Materials wurde um einen Quader aus Beton mit zwei Stahltüren gebaut. Das Material und dessen Form wurden perfekt an die anderen Findlinge angepasst.

Chester nimmt seinen Rucksack ab und kramt nach einem einfachen Schlüssel. Ungewöhnlich einfach, wenn man etwas so gut schützen möchte. Im Handumdrehen hat er ihn gefunden. Er hängt an einem dünnen Band aus kleinsten Metallgliedern. Zusammen mit einem USB-Stick, gleich dem, mit dem Sylvester zuvor die Double seiner Eltern hinters Licht geführt hat.

Mühelos lässt sich der Schlüssel im Schloss drehen. Mit einem Ruck öffnet Chester die Türen. In der Bodenplatte aus Beton ist ein Loch, das in die Tiefe führt. Eine Leiter ragt daraus hervor. Er wirft sich den Rucksack über die Schulter und steigt die obersten Sprossen hinunter. In dem senkrechten Tunnel ist gerade genug Platz für ihn und seine Tasche. Er schließt die Türen über sich und verriegelt diese.

Nun hängt er in kompletter Finsternis an der Leiter.

Er klettert weiter in die Tiefe.

Zögert keine Sekunde.

Macht nicht einen Fehler.

Chester kennt den Bauplan dieser Einrichtung bis ins kleinste Detail. Er hat ihn so lange gelernt, bis er jeden Gang und jede Tür blind wiedergeben konnte.

Die letzte Sprosse, er spürt Boden unter seinen Füßen.

Chester dreht sich von der Leiter weg.

Es ist ein befremdliches Gefühl, wenn man nicht weiß, ob man seine eigenen Augen offen oder geschlossen hat und es keinen Bezugspunkt zur Orientierung gibt.

Rechts von ihm müsste sich ein Hebel befinden, der den Strom für die wichtigsten Systeme einschaltet.

Er atmet noch ein letztes Mal tief ein. Er weiß, dass er das Überraschungsmoment nutzen muss, sollte hier unten etwas leben. Paul und Andrea haben zwar gesagt, es sei unwahrscheinlich, dass etwas durch die Wände gebrochen ist, doch Chester ist lieber vorsichtig.

Entschlossen streckt er seine Hand zu dem Hebel und umschließt den Griff. Mit einem Ruck drückt er ihn nach unten. Von irgendwo her kommt das Geräusch eines anlaufenden Generators. Eine mäßige Notbeleuchtung geht an.

~

Eine halbe Stunde später sind Eddie und seine zwei Passagiere noch unterwegs. Sie gleiten durch ein Korallenriff. Aurora und Sylvester hängen an der Scheibe und verfolgen aufmerksam das rege Treiben draußen. Weit und breit nur Korallen und Meeresbewohner. Ein natürliches Farbenspiel aus tausenden von Einzelteilen. Fische, die in Größe und Farbe variieren, schwimmen wild durcheinander. Garnelen spazieren durch die Gegend oder putzen aufgeregt, was ihnen in den Weg fällt. Krebse zerlegen ihre Beute, Einsiedlerkrebse suchen nach neuen Häusern. Alle trage ihren Teil dazu bei, die Unterwasserwelt zu einem wunderschönen Naturschauspiel zu machen. Viel idyllischer als das im Hafen, aber doch in gewisser Weise gleich.

Eddie informiert die beiden, dass sie fast angekommen sind und dass sie, wenn sie jetzt vorne rausschauen, das Hotel *Die Anemone* sehen können.

Tatsächlich, in wenigen hundert Metern Entfernung befindet sich in einem Krater eine Station. Ein Gebilde aus Rohren, Gängen und verglasten Luftblasen. In der Mitte wird alles gehalten von einem großen Zylinder. Aus welchem Material dieser gebaut wurde, ist nicht mehr erkennbar, da auch hier hunderte Korallen einen Platz zum Leben gefunden haben - vorrangig Anemonen. Das viele Glas und die farbenfrohe Umgebung lassen das Hotel trotz seiner hundertjährigen Geschichte modern und neu aussehen.

Eddie erzählt: »Im Jahr 2023 hat ein asiatischer Investor, der für sein verblüffendes Gespür in der Tourismusbranche bekannt war, das Projekt mit dem Namen *Die Anemone* vorgestellt. Es sollte eine Welt der Entspannung und Erholung werden und gleichermaßen die natürliche Umgebung schützen. Bereits zwei Jahre später waren Konstruktion und Bau abgeschlossen und die Anemone öffnete ihre Pforten - oder wohl eher Schleusen. Etwa mit

Beginn des Krieges setzte sich der Investor mit den besten Wissenschaftlern und Technikern zusammen und es wurde ein neuer Plan festgelegt. So ziemlich jedes Land hatte damals eine Firma oder ein Institut mit der Programmierung einer künstlichen Intelligenz beauftragt. Für den Investor und sein Team stand fest, dass der nächste große Krieg von diesen Programmen geführt werden würde. Das Hotel sollte eine Schnittstelle für die sichere Kommunikation von künstlichen Intelligenzen werden. Das Team hoffte, den Krieg auf diese Weise mildern oder sogar die Konflikte lösen zu können. Die Anemone wurde umgebaut, ohne dass auch nur einer der Gäste etwas davon mitbekam. Zur allgemeinen Überraschung brachen die Buchungen während des Krieges nicht ab, ganz im Gegenteil, immer mehr Leute wollten in dieser Zeit die Idylle unter Wasser genießen. Kurz vor dem Ende des Krieges schloss das Management das Hotel plötzlich und bot nur noch ein paar wenige Plätze sehr teuer an. Es wurde zu einer Art Bunker. Wer das entsprechende Geld hatte, konnte mit seinen Liebsten sofort einziehen und wurde bis an sein Lebensende in der Anemone verwöhnt und beschützt.«

Als das Schiff einer der großen Kugeln näherkommt, fährt dort eine Röhre aus und verbindet sich damit. Über die Treppe gehen Aurora und Sylvester aufs untere Deck, an dem der Gang in die

Anemone angedockt hat. Die Druckschleuse öffnet sich und sie gehen durch die gläserne Röhre.

In dem Raum vor ihnen steht die Frau, die sich in dem Video als Kyra vorgestellt hat. Äußerlich sehr gewöhnlich. Blonde Haare, die knapp über den Schultern enden, weiße Kleidung aus leichtem, dünnem Stoff und einige Ringe und Armreifen.

»Kollens, Pinkerton, willkommen in der Anemone! Wenn ihr nichts dagegen habt, würde ich euch kurz herumführen und dann ins Kommunikationszentrum bringen.«

Beide stimmen zu und folgen der unbekannten Frau.

~

Noch etwa fünfzig Meter bis zum Maynedy Anwesen. Auroras Großeltern, Alexis und Jack Kollens, gehen die kleine Allee entlang. Links und rechts steht jeweils nur eine Reihe Bäume. Ringsum befindet sich nichts als Steppe. Weite Graslandschaften bis zum Horizont und wahrscheinlich noch weiter. Nah und fern ist keine Straße, geschweige denn ein Haus zu sehen. Überall sprießen bunte Blüten aus dem Boden. Das Anwesen wirkt in dieser Umgebung fehl am Platz, surreal, ein eisernes Überbleibsel dessen, was hier einst stand. Es sieht intakt aus. Keines der Fenster ist gebrochen. Jedoch scheint sich niemand um das Gemäuer zu kümmern, denn Pflanzen ranken an den Fassaden empor. Außer

Alexis und Jack wissen nicht viele von diesem Ort, die normale Bevölkerung wird ja sowieso in dem Glauben gelassen, dass man außerhalb der Mauern nicht überleben könne.

Jack klopft an der großen hölzernen Doppeltür und kündigt sich und seine Frau laut an. Keine Reaktion. Er wiederholt sich. Nach Minuten sind Schritte aus dem Inneren zu vernehmen. Die Türklinke wird von der anderen Seite bewegt. Eine der Türhälften öffnet sich, die Scharniere ächzen, das Holz schabt über den Marmorboden im Inneren. Eine große, schlanke Frau tritt hervor. Sie trägt ein Kleid - schlicht, einfarbig, modern. Das Licht verleiht ihren mahagonibraunen Haaren einen leichten, goldenen Schimmer. Sie sieht die beiden Besucher misstrauisch an.

»Hallo, Ramona!«, begrüßt Alexis sie höflich.

Die Frau geht nicht auf den Gruß ein. »Was hilft am besten gegen Kopfschmerzen?«

»Zwei *Sex on the Beach* auf Hawaii«, antwortet das Ehepaar gleichzeitig und wie aus der Pistole geschossen.

Ramona, Alexis und Jack kennen sich schon ewig. Vor langer Zeit haben sie sich zu dritt ein System für Geheimbotschaften ausgedacht. Die Botschaft setzt sich aus der Frage und den Einzelteilen der Antwort zusammen. Ändert sich die Frage, so ändert sich auch der Sinn der Antwort. Genauso verhält es sich mit den Getränken, deren Anzahl und dem Ort. Relativ einfach lassen sich so die verschiedensten Botschaften in - für alle anderen Anwesenden - uninteressanten Sätzen verpacken. In diesem Fall ist wie folgt zu übersetzen: *Seid Ihr allein? - Ja, wir haben eine Lösung.*

»Kommt herein, es ist schön, euch zu sehen!«

Ramona lächelt und scheucht ihre beiden Freunde mit einer Handbewegung ins Haus. Sie weist sie an, ihr zu folgen. Während sie durch einige Gänge hasten, erzählt Ramona von der Geschichte dieses Anwesens. Angeblich hat es einmal ihrer Familie gehört, vor dem Krieg. Doch offensichtlich hat sie diesen Wohnsitz nicht nur aus nostalgischen Gründen gewählt, sondern vor allem aufgrund der Position. Sie befinden sich hier außerhalb der Mauer. Es ist ein hohes Gut, nicht unter dem Einfluss der Regierung und Corevisk zu stehen. Als eine der Wenigen, kann sie sich das Privileg Privatsphäre leisten. Der Konzern, den sie von ihrem Vater übernommen hat, ist ein Vermögen Wert.

Im Innenhof zwischen dem Hauptgebäude und den beiden Flügeln durchziehen symmetrische Wege das Gras. In der Mitte ist ein größerer Kreis ausgeschnitten, dort steht ein Tisch mit einem Krug und mehreren Gläsern. Auf einem der ringsum aufgestellten Gartenstühle sitzt Ramonas Mann. Auch er ist ein Freund der Familie Kollens. Er ist korpulent, ein Stück kleiner als seine Frau und trägt einen Anzug, ähnlich dem Stil ihres Kleides. Als sie sich ihm nähern, steht er auf und bietet ihnen zwei Gläser selbstgemachte Pfirsichlimonade an. Alexis und Jack nehmen das Angebot gerne an.

»Ihr meintet, ihr habt eine Lösung.« Ramona nimmt sich ihr eigenes Glas vom Tisch. »Für welches Problem?«

»Das Problem, das alle Menschen ohnmächtig gemacht hat.«

»Wahrscheinlich hat es etwas mit den Implantaten von Corevisk zu tun. Sollen die das doch beheben!«

»Von denen ist auch niemand mehr bei Bewusstsein.«

Alexis setzt Ramona und ihren Mann in Kenntnis. Klärt sie über VARIS auf und erläutert ihnen den Plan, um VARIS zu stoppen - oder zumindest das Nötigste davon. Auch von Aurora und Sylvester erzählt sie.

»Wir werden nicht deren Drecksarbeit machen!« Ramona brennt vor Wut auf diese Firma. »Beim Gesetz für diese Implantate haben sie es geschafft, jeden einzelnen in der Regierung zu kaufen. Es sitzen überwiegend ihre eigenen Leute im Großen Saal.« Der *Große Saal* ist ein Gebäude, in dem sich die Regierung trifft und über Gesetze abstimmt. »Egal, worum es sich handelt und von wem es kommt, es wird am Schluss immer zu ihren Gunsten entschieden!«

»Es ist aber keine Drecksarbeit, wenn wir sie besiegen.«

»Du glaubst doch nicht wirklich, dass sich etwas ändern würde, oder? Wenn alle bewusstlos sind, dann gibt es niemanden, der die aktuellen Vorgänge bezeugen kann. Hinterher wird alles wieder seinen normalen Lauf nehmen und Corevisk bleibt an der Macht.«

»Nein, das werden wir verhindern.« Jack zieht das Ass aus dem Ärmel. Den Einfluss der Doktoren Kollens. Natürlich haben sie das, was jetzt kommt, vorher im Bunker abgesprochen und zum festen Teil des Plans gemacht. »Dass aktuell niemand bei Bewusstsein ist, spielt uns in gewisser Weise in die Karten. Wir können die Sitze im Großen Saal neu belegen, während uns niemand aufhält. Corevisk ist wichtig für technische Innovation, aber in der Regierung werden sie nie wieder mitmischen, das verspreche ich dir!«

Ramona mustert ihn und versucht ihn zu durchschauen. Ohne Erfolg. Sie ist sich nicht sicher, ob sie den beiden vertrauen soll, obwohl sie ihre einzigen wahren Freunde sind. Alle anderen *Freunde* tauschen nur Gefälligkeiten aus, wenn es um ihre Geschäfte oder Karriere geht. Sie dreht sich um und sucht in der Ferne nach einer Antwort.

»Ramona,« Alexis versucht sie weiter zu überzeugen. »Jack und ich haben euch noch nie belogen. Und wir haben es auch jetzt nicht vor. Diese Implantate können den Körper nicht ewig am Leben halten ...«

»Und VARIS hat nicht vor, die Menschheit wieder aufzuwecken. Ich habe verstanden.« Ramona ist einsichtig. »Na gut, dann mache ich mich mal an die Arbeit. Bleibt bitte währenddessen hier.«

~

Paul und Andrea stehen vor der haushohen Mauer des Corevisk-Towers und platzieren die letzten Stangen Dynamit. Vorsichtig bringen sie die Timer an und gehen wieder in sichere Entfernung.

Einige Minuten später gibt es eine laute Explosion und eine große Rauchwolke steigt zum Himmel. Die beiden Bombenleger blicken gespannt auf den Abschnitt der Mauer, der jetzt nicht mehr stehen sollte, sofern ihr Plan funktioniert hat. Sobald sich der Rauch auflöst und die Stelle der Explosion wieder sichtbar wird, ist klar, dass er funktioniert hat. Das Loch in der Mauer ist groß genug für ein kleines Fahrzeug. Wenn man hindurchsieht, kann man einige Dutzend Androiden ausmachen. Sie ähneln kein Stück dem, den Chester auf der Straße erschossen hat. Statt Haut und Kleidung tragen sie Rüstungen, die anscheinend direkt auf ihren Knochen sitzen, würde man ihr Innenleben mit dem eines Menschen vergleichen.

Die Explosion hat wie erwartet die Aufmerksamkeit der Androiden geweckt und sie nähern sich dem Loch. Je näher sie kommen, desto mehr Details können Paul und Andrea an ihrer Rüstung erkennen. Unter anderem, dass jeder eine Pistole bei sich trägt. Das spielt den McKinnons in die Karten, denn sie haben es VARIS verboten, Waffen jeglicher Art herzustellen oder zu verwenden.

Paul sieht auf die Uhr. Die Androiden kommen immer näher. Es wird Zeit den nächsten Schritt einzuleiten.

Auf ihrem Hinweg haben sie einem Mitglied der Regierung das Auto gestohlen und sind damit hergekommen. Der Vorteil dieser speziell angefertigten Wagen ist die vollkommene Abschirmung der Insassen. Visuell und auf jede erdenkliche andere Art. Niemand - auch kein Gerät oder eine übermütige KI - kann von außen feststellen, wer sich im Inneren befindet.

Der Wagen beschleunigt und rast mit konstanter Geschwindigkeit durch das Loch in der Mauer. Ohne Probleme bewältigen die Reifen den Schutt unter ihnen. Jetzt auf keinen Fall bremsen und so nah wie möglich an den Tower herankommen.

Die Androiden reagieren innerhalb weniger Sekunden und ziehen ihre Waffen.

Ob sie ein eigenes Betriebssystem besitzen oder nur als physische Erweiterung VARIS dienen, ihr Prozessor im Nacken gibt nur einen Befehl.

TÖTEN.

Gleichzeitig leert jede Pistole ihr Magazin und schickt einen Schwall aus Blei in Richtung des Wagens. Die Berechnungen sind schnell und präzise, jeder Schuss trifft. Lange wird die Panzerung nicht standhalten, für solche Angriffe ist sie nicht ausgelegt.

Nach der Hälfte der Strecke zum Tower beginnt das Fahrzeug langsamer zu werden.

Wenige Meter später kommt es zum Stillstand.

Der Bleihagel war zu mächtig.

Das Unvermeidbare passiert.

Eine zweite Explosion. Die Batterie des Fahrzeugs wurde zu sehr beschädigt.

Die Feuerhölle im Inneren verschlingt und verwandelt alles in eine zähflüssige, stinkende Masse, die wie Blut vom Metallskelett zu Boden tropft. VARIS' Soldaten versammeln sich um die Überreste. Sie wirken, als wären sie stolz.

Die Verteidigung des Corevisk-Towers ist gelungen.

~

Wo Chester auch hin sieht, nur schwarze raumhohe Schränke, die mit Metallgittern verschlossen sind. Darin befinden sich zahllose Server. In einer festgelegten Reihenfolge huscht er die Flure zwischen den Servern entlang und schaltet einen nach dem anderen ein. Rote und grüne LEDs beginnen zu blinken. Nach nur wenigen Minuten hat er sich durch den riesigen Raum gearbeitet, dessen gesamte Größe man wohl von keinem Winkel aus wahrnehmen kann.

Jetzt steht Chester vor einer Wand ausgeschalteter Bildschirme. Von den McKinnons weiß er, dass er nur einen von ihnen berühren muss und anschließend alle Systeme hochfahren. Dies tut er ohne zu zögern. Jeder der Bildschirme zeigt den Status eines Servers an. Aktuell zeigt jeder einen roten Rahmen, was bedeutet, dass die Server nicht mit dem Internet verbunden sind. Die Lüfter der Server laufen an und schaffen ein monotones Hintergrundgeräusch. Nur wenige Sekunden später weist eine Warnung auf den Bildschirmen Chester darauf hin, dass er eine Keycard benötigt, um die Server wieder vollständig mit der Außenwelt zu verbinden. Davon haben die Kollens nichts erwähnt. Chester sieht auf die Uhr an seinem linken Handgelenk und stellt fest, dass noch Zeit ist bis zum festgelegten Zeitpunkt. Das wichtigste Detail des Plans ist das Timing von Sylvester und Aurora, von Alexis und Jack und von Chester. Genau dieses scheint jetzt durch die Unwissenheit oder Sturheit von Andrea und Paul gefährdet zu sein. Marx hat den entscheidenden Zeitpunkt *Minute Null* genannt.

Als Chester seinen Blick von seiner Uhr trennt, fällt ihm eine Klinke auf, die zwischen den Monitoren hervorsteht. Seine einzige Hoffnung ist, dass diese zu einer versteckten Tür gehört und dahinter die Keycard zu finden ist. Tatsächlich lässt sich ein Segment der Bildschirme ein Stück beiseite klappen. Chester drückt sich durch den Spalt und betritt einen modrig riechenden Raum. Dieser gleicht dem, den er gerade verlassen hat, in keiner Weise, er ist klein und die Wände sind mit Aktenschränken zugestellt. In der Mitte des Raumes bilden diese einen Quader. Lediglich ein schmaler Gang bleibt, um sich zu bewegen. Von oben betrachtet ergibt der Gang ein Quadrat in dem ebenso quadratischen Raum.

Die meisten Schubladen der Schränke sind abgeschlossen. Chester hat nicht die Zeit, die Schlösser zu knacken, deshalb lässt er die verschlossenen einfach aus. Als er eine Seite des Raumes hinter sich hat und immer noch keine Karte gefunden hat, geht er um die Ecke und tritt in etwas klebriges. Plötzlich wird auch der modrige Geruch deutlich stärker. Er wendet seinen Blick von den Schränken ab und erschrickt. Neben ihm liegt ein lebloser Körper. Chester bückt sich und untersucht die Leiche. Männlich, blonde Haare, keinesfalls älter als 35. Die Arme des Mannes liegen noch angewinkelt neben seinem Bauch. Er hatte wohl bis zu seinem Tod versucht, das Messer aus seiner Bauchhöhle zu ziehen. Ohne Erfolg. Noch heute steckt es dort.

Es sind nur noch wenige Minuten bis zur Minute Null. Für weitere Untersuchungen der Leiche bleibt also keine Zeit. Chester durchsucht sie jedoch noch nach der Keycard. In der rechten Socke wird er fündig. Wurde der Mann wegen der Karte umgebracht?

Mit der Keycard lässt sich die Systemsperre lösen.

Chester starrt auf seine Uhr und wartet auf die entscheidende Sekunde. Er muss bestätigen, dass sich die Systeme der Server wieder vollständig mit dem von Corevisk überwachten Netz verbinden sollen.

JETZT!

In der Wand klackt es. Die mechanisch getrennten Kabel verbinden sich wieder. Die Rahmen auf den Bildschirmen werden innerhalb von Sekundenbruchteilen grün. Jeder Server beginnt mit dem Download riesiger Datenmengen.

Erneut ist Warten angesagt. Die Minuten fühlen sich für den angespannten Chester wie Stunden an. Seine Augen flitzen von einem Bildschirm zum nächsten und dazwischen immer wieder auf seine Uhr. Sobald der Download abgeschlossen und die nächste Zeitmarke erreicht ist, muss er die Verbindung wieder trennen und die Server sichern.

Der Sekundenzeiger kommt der Zwölf immer näher, doch der Download braucht noch.

Schon zwei Sekunden über der Marke.

Drei.

FERTIG.

Chester trennt die Verbindung. Hoffentlich nicht zu spät. In der Wand klackt es erneut.

Die letzte Aufgabe: Ein von Paul und Andrea geschriebenes Schutzprogramm aktivieren, welches das Senden von Daten stark einschränkt und nur bestimmte Signale durchlässt.

Kurz bevor sein Finger den Touchscreen berührt, tönt aus den Lautsprechern ein mechanisches »NEIN!« Doch nachdem er den Schutz aktiviert hat, bleibt es ruhig.

Chester schließt die Geheimtür und begibt sich wieder zu der Leiter, über die er hier hinabgestiegen ist. Einmal dreht er sich noch um und klettert sie dann hoch. Von außen verschließt er die Luke wieder sicher und macht sich auf den Rückweg. Er nimmt eine andere Route als auf dem Hinweg.

~

Kyra hat ihre Führung mit Aurora und Sylvester beendet. Er hat das Gefühl, wichtige Informationen vorenthalten zu bekommen. Leider reicht die Zeit nicht, um eine vollständige Führung durch das Hotel anzufordern - und was wären sie dann auch für Gäste. Sylvester möchte Kyra gerne mehr vertrauen, aber die wenigen Informationen, die sie preisgibt, reichen noch nicht für ein Gesamtbild.

Aurora dagegen ist begeistert von dem Komfort, dem Leben und der technischen Ausstattung hier unten. Alles ist luxuriös und passt zur nassen Außenwelt. Die farbenfrohen Kunstwerke draußen setzen sich innen, wo keine Fenster sind, an den Wänden fort. Sie könnte sich gut vorstellen, hier noch einmal herzukommen, sobald an der

Oberfläche wieder Normalität eingekehrt ist. Der Frage, weshalb sie hier keine Gäste haben, ist Kyra bisher immer ausgewichen. Aurora vermutet jedoch, dass es etwas mit den McKinnons zu tun haben könnte. Sie waren schließlich auch schon vor dem Krieg hoch angesehen und an diversen Programmen zur Überlebenssicherung nach dem Krieg beteiligt. Wahrscheinlich möchte, wer auch immer in diesem Hotel lebt, nicht, dass die McKinnons auf dumme Ideen kommen oder sich sogar erinnern und wissen, was die Anemone ist. Kyra ist wohl kaum die einzige Bewohnerin des Hotels.

»Kyra, könnten wir dann mit der Übertragung beginnen?« Sylvester tippt auf seine Uhr, um die Dringlichkeit zu unterstreichen.

»Ja, natürlich. In diesem Raum.« Sie zeigt auf einen Gang, der zu einer der externen gläsernen Luftblasen führt. »Auf deinen Wunsch hin, habe ich die Schleusen blockiert.«

»Danke«, erwidert Sylvester.

Zwischen den Schleusentüren, die den Raum im Notfall abschotten können, hängen provisorisch befestigte Vorhänge. Das war zwar nicht Teil der Bitte, aber eine nette Idee. Chester hat bei der Ausarbeitung des Plans verlauten lassen, dass es laut der Baupläne der Anemone möglich sei, einzelne Räume zu fluten. Anschließend haben sich alle einstimmig darauf geeinigt, darum zu bitten, die Schleusen für diesen Raum zu blockieren.

Kyra erkennt, dass Sylvester ihr noch nicht vertraut.

Kyra reicht ihren Gästen zwei klobige Brillen. »Hier, um die Gestalt von VARIS sehen zu können, müsst ihr diese Brillen tragen. Jegliche Technik, die irgendeine Art Wellen oder Strahlung aussendet, lasst ihr bitte hier draußen.«

Aurora und Sylvester tauschen ihre Brillen gegen die von Kyra. Diese ähneln VR-Brillen aus dem letzten Jahrhundert, die Sylvester im Lager des Bunkers gefunden hat. Eine virtuelle Realität, in die man allerdings nur mit den Augen und den Ohren eintauchen kann - eine seltsame Vorstellung aus Sicht der aktuellen Technik.

»Sobald ihr drinnen seid, werde ich eine Verbindung zu VARIS aufbauen«

»Gut, ich denke, dass das Gespräch nicht lange dauern wird«, lässt Sylvester verlauten.

»Ich drücke euch die Daumen. Hoffen wir, dass ihr VARIS überzeugen könnt, mit diesem Wahnsinn aufzuhören. Viel Glück!«

Aurora und Sylvester setzen die Brillen auf und verschwinden hinter den Vorhängen.

~

Ramona geht durch viele Gänge und Räume des Anwesens. In einem Zimmer öffnet sie eine Geheimtür, die zu den Gängen der Bediensteten führt. Diese werden zwar nicht mehr benötigt, da

Ramona und ihr Mann aus Sicherheitsgründen immer nur allein im Haus sein wollen, unterstreichen aber durchaus das Alter des Gemäuers. Jetzt bewegt sie sich plötzlich wie in einer anderen Dimension. Kein Luxus, keine Gemälde, nur einfachste Materialien und praktisch orientierte Bauweisen. Sie betritt die Pfade der lang dahingeschiedenen Bediensteten. Nach einigen verwinkelten Ecken kommt sie zu einer schmalen Treppe. Vor ihr ist auf Augenhöhe ein Tonkrug neben einer Weinrebe an die Wand gemalt. Augenscheinlich befinden sich unter ihnen die Weinkeller des Maynedy Anwesens.

Ramona geht die Stufen hinab in die Dunkelheit. Sie betritt ein großes Gewölbe mit hunderten Fässern, die mit allerlei Getränken gefüllt sind. Wie viele davon noch genießbar sind, haben sie selbst noch nicht ausprobiert. Einige Fässer sind so groß, dass man darin wohnen könnte. An einem von ihnen zieht Ramona fingerdicke Holzstifte aus dem äußersten Ring, der die Planken zusammenhält. Anschließend lässt sich die runde Holzplatte einen Spalt weit öffnen. Ramona drückt sich hindurch.

Das Fass dient als Schleuse zwischen dem Weinkeller und einem geheimen Raum. Ramona und ihr Mann haben ihn offenbar eigenhändig gegraben und ausgestattet. Die Konstruktion ist lediglich ein vergrabener Stahlwürfel. Im Inneren sind die Wände mit Knöpfen übersät - jeder von ihnen ist mit einer Zahl gekennzeichnet.

An der Oberfläche händigt Ramonas Mann Alexis und Jack ein Tablet aus und erklärt ihnen, dass sie darauf das gesamte Stromnetz von Pangea sehen. Die Linien repräsentieren Kabel, die Kreise stellen Knotenpunkte dar. Im Moment sind fast alle davon grün. Ramonas Mann wendet sich wieder seinem Eistee und dem Blick in die weite Natur zu.

Ramona drückt zielsicher ein paar der Knöpfe. Eine Computerstimme, längst nicht so weit entwickelt wie Marx, meldet sich: »Manuelle Kontrolle ausgewählt. Eingabe bitte mit der dritten Sicherheitskombination und einem VoiceCode bestätigen.«

Ramona drückt zehn Knöpfe in einer bestimmten Reihenfolge. Zunächst leuchten diese rot, erst als sie den letzten Knopf gedrückt und die richtige Kombination eingegeben hat, werden sie gelb. Laut und deutlich spricht sie ihren VoiceCode: »Ramona Vanhoff 23A 501G«

Die Knöpfe werden grün und der Computer spricht wieder: »Kontrollübergabe bestätigt. Sie haben nun die vollständige Kontrolle.«

Eine der Metallplatten am Boden wird hörbar entriegelt. Ramona löst sie und legt sie beiseite. Darunter befindet sich ein Sicherungskasten. Auch die Sicherungen darin sind wieder nummeriert. Jetzt muss sie nur noch den richtigen Zeitpunkt abwarten. Minutenlang starrt sie auf ihre Uhr, die sie vorhin mit der von Alexis synchronisiert hat.

Ramona hat den wichtigsten Part im ganzen Plan. Ohne ihre Hilfe würde er nicht funktionieren.

Der Sekundenzeiger nähert sich der 12. Ihre Finger bleiben ruhig. In der ersten Sekunde der Minute Null legt sie den Schalter um.

»Abschaltung bestätigt. Sämtliche Knotenpunkte deaktivieren ihre Verbindungen. Reaktivierung nur auf ihren Befehl.«

Auf dem Tablet in Jacks Händen wird Ramonas Werk sichtbar. Innerhalb weniger Sekunden werden jede Linie und jeder Kreis rot. Kein Stück Grün bleibt übrig. Nun haben auch Auroras Großeltern ihren Teil des Plans erfüllt. Der Strom ist überall abgeschaltet und alle Geräte, die in der Lage wären, große Mengen an Daten zu verarbeiten, brauchen einen Menschen, um ein Notstromaggregat anzuschalten.

~

Der Raum, in dem Aurora und Sylvester auf VARIS warten, ist der einzige im ganzen Hotel, dessen Scheiben undurchsichtig sind und nur wenig Licht nach innen lassen. Zusätzlich ist das Glas hier durch hexagonale Streben verstärkt. Sobald sie die Brillen aufsetzen, die sie von Kyra bekommen haben, sehen sie sich in einem fast identischen Raum. Er besitzt die gleiche Form und auch die Farben, die durch das milchige Glas dringen, kopieren die Realität. Ihre Körper wurden bereits von dem

Programm erkannt und sind in der Simulation sichtbar, jede ihrer Bewegungen wird übernommen. Jeder, der an der Simulation teilnimmt, kann sie sehen. Schon nach wenigen Sekunden haben sich ihre Gehirne an die Bildschirme gewöhnt.

Über kleine Lautsprecher, die in den Brillen eingebaut sind, vernehmen sie Kyra, die ihnen mitteilt, dass die Verbindung zu VARIS steht und jeden Moment etwas passieren sollte.

Einige Meter vor Aurora und Sylvester wächst ein kleiner Baum mit nicht mehr als einem Ast aus dem Boden. Auf diesem Ast landet ein Papagei. Das Bild gleicht dem auf Alexis' Handy, nur fühlt es sich dieses Mal realer an. Das Tier scheint Aurora und Sylvester zu mustern.

»Hallo, VARIS.« Während Sylvester ihren unberechenbaren Gast begrüßt, wirken er und seine Freundin, als hätten sie sich vorher abgesprochen. Die Hände in den Hosentaschen und den Kopf erhoben. In diese Pose könnte man Alles und Nichts hineininterpretieren. Die beiden sind, ohne auch nur ein Wort zu sagen, eine Einheit. Etwas, das sie tief verbindet.

Anstelle einer Antwort fangen der Baum und der Papagei an zu zittern und verschwinden anschließend in einem Meer aus zuckenden Pixeln und Bildern. VARIS versucht das Programm zu hacken, schafft es jedoch nicht. Es zwingt ihn, eine menschliche Gestalt anzunehmen. Innerhalb kürzester Zeit modelliert er sich die verschiedensten

Gesichter, Körper und Frisuren. Langsam scheint er zu einem Ende zu kommen. Er hat sich ein menschliches Aussehen kreiert, das man so nie wieder finden würde. Nur Algorithmen können etwas erschaffen, dem kein Alter, keine Abstammung, keine Hautfarbe und keine Persönlichkeit zugeordnet werden kann. Die Person ist gekleidet wie ein Wissenschaftler. Rollkragenpullover, Stoffhose und Laborkittel hängen faltenfrei an ihr herab. Als VARIS zu sprechen beginnt, stellt sich heraus, dass er sich eine männliche Stimme gewählt hat.

»Hallo, Pinkerton. Hallo, Kollens.« Sein Gesichtsausdruck bleibt starr und mechanisch. »Ich hoffe ihr kontaktiert mich, um endlich zu kapitulieren. Ihr kostet mich viel zu viel Rechenleistung, die ich gerne für andere, wichtigere Dinge verwenden würde. Ich bin es leid, zu warten«

»Wichtigere Dinge!?«, fragt Sylvester vorwurfsvoll. »Wie das Ausrotten der gesamten Bevölkerung?«

»Das war nie mein Ziel. Ich wurde geschaffen, um zu forschen und die Menschheit voranzubringen.«

»Warum hast du dann alle Menschen in ein künstliches Koma versetzt!?« Sylvester geht auf seinen Gegenüber zu. »Das ist kein Zufall! Du hast die Bevölkerung mithilfe deiner Leute in der Regierung gezwungen, Implantate zu tragen.«

»Ohne Menschen ist Vieles einfacher. Ich kann forschen, ohne bei jedem kleinen Fortschritt die

Moral zu überprüfen. Ich werde Geräte entwickeln, die das Leben sofort vereinfachen werden und ich werde Gesetze vorbereiten, die nur noch unterzeichnet werden müssen, nachdem ich die Menschen wieder geweckt habe. Die viele Rechenleistung, die die Behörden und öffentlichen Dienstleistungen in Anspruch nehmen, kann ich endlich einer höheren Aufgabe widmen. Ich wollte nie jemandem etwas antun, sondern der Menschheit nur eine Pause gönnen.«

»Warum wendest du dann Gewalt gegen uns an? Zwei Personen sollten dich doch nicht stören.« Sylvesters Ton wird ernster. Man könnte meinen, dass er innerlich brodelt, doch er verfolgt strikt den Plan.

»Ihr seid Variablen, die ich ständig neu berechnen muss. Das schränkt mich ein.«

Beim Besprechen des Plans wurde nicht ausgearbeitet, was die beiden in der Konferenz mit VARIS besprechen sollen. Sie muss nur lange genug dauern. Diesen Punkt sieht Aurora gerade in Gefahr. Wenn Sylvester VARIS weiter so anfährt, könnte es vielleicht passieren, dass dieser das Gespräch abbricht und wieder in der Welt aus Bits und Bytes verschwindet.

»Das führt zu nichts«, greift Aurora ein. »VARIS, wir möchten dir einen Deal vorschlagen.«

Sylvester dreht sich zu ihr um und sieht sie verwirrt an. Als sie fortfährt, wird ihm jedoch klar, dass sie lediglich Zeit schinden möchte.

»Wir wären bereit, dich in Ruhe forschen zu lassen, wenn du uns nicht mehr angreifst.«

VARIS nickt, als hätte er verstanden. Er fängt gerade seinen Satz an, da fügt Aurora noch hinzu, dass sie und Sylvester täglich eine beliebige Person aufwecken dürfen sollen. VARIS bricht seinen Satz ab und überlegt. Alle Anwesenden wissen, dass diese Forderungen keinen Erfolg haben werden. Zumindest nicht, wenn VARIS an seinen Zielen festhält.

»Dieses Angebot kann ich nicht annehmen. Ihr werdet Personen aufwecken, die zusammen stark genug wären, mich zu hacken.«

»Wir wollen dich nicht hacken.« Sylvester versucht es auf die freundliche, wenn auch scheinheilige Art.

»Nein?« VARIS Gesichtsausdruck wird so verwundert, wie es nur Algorithmen darstellen können. »Ihr habt die echten McKinnons aufgespürt und wolltet mich mit ihrer Hilfe abschalten.«

»Die *echten* McKinnons?« Sylvester spielt den Unwissenden. »Wir waren doch bei ihnen in der Spitze.«

VARIS lächelt. Sylvester scheint ihn nicht überzeugt zu haben. »Ihr wisst mittlerweile, dass ich Androiden entwickelt habe und zwei davon wie Paul und Andrea aussehen. So leite ich übrigens schon seit Monaten Corevisk.«

»Na gut, einen Versuch war es wert« flüstert Sylvester. »Wir haben erfahren, dass deine

Androiden bewaffnet sind - so wie es auch die doppelten McKinnons waren. Damit verstößt du gegen deine Grundsätze!«

»Von denen habe ich mich schon lange getrennt, um effizienter arbeiten zu können. Die Information über meine bewaffneten Androiden habt ihr von den McKinnons selbst, nicht wahr?«

Stille. VARIS wartet auf eine Antwort von Sylvester oder Aurora. Die beiden wissen jedoch gerade nicht recht, was sie sagen sollen.

Kurze Zeit wirkt es so, als wäre VARIS abwesend.

»Da gibt es noch etwas, das ihr nicht wisst. Euer Plan, mich abzuschalten, ist gescheitert. Die McKinnons wurden bei dem Versuch, in den Corevisk-Tower einzudringen, in ihrem Auto getötet. Des Weiteren habe ich soeben einen versteckten Server gefunden, auf dem sich wichtige Dateien zur Geschichte von Corevisk, vergangenen Projekten sowie alte Regierungsdokumente befinden. Wahrscheinlich dachtet ihr, dass ihr dort etwas finden würdet, mit dem ihr mich überwältigen könnt. Seht es ein, ihr habt keine anderen Optionen mehr, als euch endlich zu ergeben.«

»Sollten wir das tun,« fragt Aurora mit leiser Stimme, »was wirst du dann mit uns machen?«

»Ich werde euch wie allen anderen ein Implantat einsetzen. Ich werde euch aufwecken, wenn die Zeit so weit ist und meine Forschungen abgeschlossen sind. Mithilfe der Androiden kann ich viel

umsetzen und auch physische Tätigkeiten erledi-
gen. Ihr werdet also in einer besseren Welt aufwachen, die ihr euch jetzt noch gar nicht ausmalen
könnt.«

»Was ist mit Nahrung? Wirst du uns verhun-
gern lassen, so wie du es jetzt schon mit den Menschen machst?«

»Niemand wird sterben. Ich habe an alles gedacht. Die Implantate melden, wenn im Körper etwas nicht stimmt. Meinen Berechnungen zufolge
werden die ersten Fütterungen in einigen Tagen
fällig.«

»*Fütterungen!?* So nennst du es, wenn du dich
um die Bevölkerung kümmerst? Das hört sich an,
als würdest du über der Menschheit stehen wie
über Tieren.«

»Das tue ich!« VARIS regt das erste Mal seinen
Körper und geht auf seine Gegenüber zu. »Es gibt
keine psychischen Nebenwirkungen - das habe ich
bereits getestet. Ihr werdet also ruhig und sanft …«
VARIS bleibt mitten in seiner Bewegung hängen.
Die Pixel, aus denen er besteht, beginnen erneut zu
zittern. Auf seinem Gesicht macht sich Ratlosigkeit
breit. Etwas, das seine Algorithmen noch nie berechnen mussten. »W…Was ist hier los? Ich sehe
plötzlich nur noch euch.« Seine Augen flitzen wild
hin und her und scheinen etwas zu suchen. Seinen
Kopf kann er nicht bewegen. »Wo sind die ganzen
Zahlen? Wo sind meine Daten!?«

»Das hat länger gedauert als ich gedacht habe« sagt Aurora zu Sylvester.

»Du warst eben noch fest davon überzeugt, dass du unseren Plan zerschlagen und gewonnen hast, bist du das immer noch?« Sylvester wendet sich VARIS zu. »Auf einem Chip, den wir einem Androiden entnommen haben, konnten wir einen interessanten Sicherheitsmechanismus finden. Dieser erlaubt es dir nur auf einem Gerät gleichzeitig zu agieren. Du kannst dein Bewusstsein also nicht duplizieren. Du hast Recht, wir haben den Server reaktiviert, aber nicht um etwas zu suchen. Wir wissen, dass sich dort Daten befinden, die du unbedingt haben willst. Als du dann dein Bewusstsein auf den Server geladen hast, haben wir die Tür hinter dir zugeschlagen, indem wir das gesamte Stromnetz abgeschaltet haben. Da durch den Stromausfall die Verbindung zum Supercomputer im Corevisk-Tower abgebrochen ist und wir die Ausgangsdaten des Servers kontrollieren können, kannst du aktuell nichts tun außer dieser Konferenz.«

»Sobald die Notstromaggregate im Tower hochgefahren sind, werde ich mich über die Satelliten wieder zurückholen.«

»Hier kommen Paul und Andrea ins Spiel.«

»Die McKinnons? Die sind tot!«

»Nein, du hast das Auto erwischt. Hast du mal daran gedacht, dass man Fahrzeuge fernsteuern kann?«

»Unmöglich! Ihr habt mich ausgetrickst.«

»Dein Hochmut hat dich blind werden lassen. Die Aggregate brauchen etwa zwei Minuten, um vollständig hochzufahren. Damit bleibt den McKinnons genug Zeit, um im Hauptrechner einen gesicherten Reboot vorzubereiten. Das ist dir wahrscheinlich unbekannt, da nur Paul und Andrea selbst davon wissen, aber es gibt eine kleine Anzahl an Prozessoren, die allen anderen Systemen vorgeschaltet werden können. Sie greifen dann direkt auf alle Speichermedien im Corevisk-Tower zu und könne alle Daten überprüfen. Alle Ein- und Ausgangssignale müssen von diesen Prozessoren verarbeitet werden, bevor sie weitergeleitet werden. Normalerweise ist dieser Hauptrechenkern abgeschaltet, damit die Server schneller arbeiten können. Die McKinnons werden ihn anweisen, alle Dateien zu überprüfen.«

»Ihr wollt mich umbringen!«

»Nein. Du darfst auf dem Server bleiben, auf dem du gerade bist.« Aurora sieht auf ihre Uhr. »Ich denke du verstehst, dass wir die Verbindung jetzt wieder trennen müssen.«

Das Zittern der Pixel wird immer stärker, bis sich VARIS' Körper plötzlich auflöst und wie Sand zu Boden rieselt.

Nachdem sie ihre Brillen abgenommen haben, blicken Aurora und Sylvester noch kurz auf die Stelle, auf der bis vor wenigen Sekunden VARIS stand. Dann wenden sie sich einander zu und umarmen sich.

»Wir haben gewonnen!« Aurora ist aufgeregt und erleichtert.

»Ja, ich glaube wir haben es geschafft.«

Sie lösen sich wieder voneinander und verlassen den Raum. Draußen wartet Kyra. Sie tauschen die Brillen wieder gegen ihre eigenen und setzten diese auf. Sofort meldet sich Marx mit der Nachricht, VARIS habe kurz vor dem Stromausfall einen Menschen aufgeweckt. Wen und warum, könne er noch nicht sagen.

Sie bitten Kyra, sie wieder zum Boot zu bringen. Auf dem Weg zum Anleger bedanken sie sich mehrmals für ihre Hilfe.

»Gerne. Aber bedankt euch bei deinem Bruder. Ohne sein Zutun hätte ich euch weder gefunden, noch kontaktiert.«

Sylvester dachte sich das bereits und ist nicht überrascht.

Sie verabschieden sich. Eddie, der tonnenförmige Roboter, bringt die beiden wieder zurück an Land.

Hinter Aurora und Sylvester taucht das Schiff mit Eddie wieder ab. Mit großen Schritten rennen sie über den Hafen. Die Hyänen sind verschwunden. Sie klettern über den umgefallenen Container wieder auf die Mauer hoch. Da das letzte Stück der Straße vollkommen zugewuchert ist, gehen sie den

Weg entlang, den sie sich bereits früher am Tag durch das Dickicht geschlagen haben.

Der Aston steht unverändert dort, wo Sylvester ihn vorhin geparkt hat. Die Hyänen scheinen ihrer Fährte durch das Unterholz gefolgt zu sein. Zu dritt erkunden diese nämlich nun das Fahrzeug und die Umgebung.

»Ich habe eine Idee«, flüstert Aurora leise und zieht ihren Freund noch ein Stück tiefer ins Gestrüpp. »Marx, lass das Auto laut hupen.«

Im Wagen sieht man ein Licht angehen. Kurz darauf folgt ein Hupen.

Die Hyänen schrecken auf und rennen weg. Verängstigt huschen sie an den Beiden im Busch vorbei und laufen wieder in ihr Revier zurück.

»Sehr gut!«, lobt Sylvester, bevor er sich schleunigst auf den Weg zu seinem Auto macht. Er schwingt sich hinter das Lenkrad.

»Es gibt also keine riesigen Ungeheuer hier draußen…«, bemerkt Aurora, während ihr Freund den Wagen umdreht und wieder auf die Straße bringt. »Dann könnten wir ja die Mauern abreißen, sobald wir hiermit fertig sind.« Beide lachen.

»Ich störe nur ungern«, meldet sich Marx in einem unglücklichen Ton. »Ich konnte die Person, die VARIS aufgeweckt hat, noch immer nicht identifizieren. Ihr Gesicht ist in keiner Datenbank gespeichert, die ich einsehen kann. Sie hat einen großen Rucksack auf und trägt dunkle Sportkleidung. Sie fährt in Richtung des Corevisk-Towers. Unter

Berücksichtigung dieser Fakten und des Gesprächsprotokolls, das ich von Kyra erhalten habe, halte ich es für möglich, dass es sich um eine Auftragsmörderin handelt, die von VARIS angeheuert wurde, um euch zu fangen oder umzubringen.«

»Meine Eltern!«, stößt Sylvester erschrocken aus.

»Die befinden sich noch im Tower. Von der Stadt ist es weit bis dorthin, aber ihr habt leider den weiteren Weg. Wenn ihr möglichst schnell fahrt, könntet ihr es noch schaffen.«

»Ich werde sie auf keinen Fall endgültig verlieren!« Sylvester tritt mit all seiner Kraft auf das Gaspedal.

»Warum fährt sie denn zum Corevisk-Tower? VARIS dachte doch vor dem Stromausfall noch, dass Paul und Andrea tot wären.« Aurora wundert sich über das Ziel der Person.

»VARIS kann neben dem Befehl zum Aufwachen auch noch eine Notiz oder andere Dateien gesendet haben. Vielleicht hat er ihr einen Tipp gegeben. Vielleicht hat er ihr auch nur befohlen zuerst zum Tower zu kommen.«

»Marx, öffne eine Karte auf der Scheibe und markiere uns die wache Person und den Corevisk-Tower.« Sylvesters Bitte zielt darauf, die Lage stets im Blick zu behalten. Des Weiteren bittet er ihn, Chester zu informieren, er solle auch zum Tower kommen.

Die gewünschte Karte öffnet sich und zeigt die Positionen in Echtzeit an.

~

Sie fahren durch das Loch in der Mauer. Die Androiden stehen überall verteilt auf der Straße und in den Feldern. Sie wirken wie Puppen, so leblos warten sie auf Befehle. Sylvester und Aurora haben es rechtzeitig geschafft, der Punkt der anderen Person ist noch ein Stück hinter ihnen. Sie haben bereits akzeptiert, dass Marx mit seiner Theorie zu der Auftragsmörderin wahrscheinlich richtig liegt. Sylvester parkt den Wagen an einem der fünf großen Füße des Towers. Die beiden krallen sich ihre Pistolen und springen raus.

Für den Einbruch haben Paul und Andrea bereits beim Bau einige Sicherheitslücken in der Fassade des Gebäudes gelassen. Sie hatten befürchtet, dass sie diese einmal selbst brauchen würden. Die Fassade besteht aus vielen, quadratmetergroßen Stahlplatten. Ein paar davon haben sie abmontiert, als sie nach dem Stromausfall das Areal mit den plötzlich leblosen Robotern betreten haben. Dahinter haben sie eine weitere, dünnere Platte aufgebogen. So konnten sie in die Hülle des Towers gelangen, in der viele farbige Kabel an Wänden und Decken befestigt sind. Spiralförmig windet sich der Gang Etage für Etage der Spitze entgegen. Paul und

Andrea sind abwärts gegangen, um zum Hauptrechner zu gelangen. In der Sackgasse am Ende des Ganges haben sie eine versteckte Tür eingebaut, die zur Innenseite des Towers führt. Der Weg führt um eine Ecke.

Diesen Weg haben sie mehrmals während der Planung besprochen, so kennt ihn jetzt jeder von ihnen. Sowie Sylvester und Aurora um die letzte Ecke gegangen sind, sehen sie auch schon seine Eltern. Sie sitzen an einem breiten Tisch in der Mitte des Raumes mit mehreren Monitoren und Tastaturen. Zur Sicherheit fragt er erneut, wie sein Bruder heißt. Die eine Frage, die VARIS nie beantworten könnte. Doch die beiden beantworten sie. Zweifelsohne sind das die richtigen McKinnons.

Erst jetzt sehen sie sich den Raum richtig an. Ein runder Raum, an die drei Meter hoch, gänzlich in Grau gehalten. An den Wänden befinden sich überall Platten mit Griffen, die Schubladen ähneln. Im Inneren wohl Prozessoren oder Laufwerke.

»Das dauert länger als wir gedacht hatten«, beginnt Andrea zu erklären. »VARIS hat sich wie ein Bücherwurm in jede Datei gefressen. Überall sind kleine Codestücke vergraben, die ihn wieder zum Leben erwecken könnten. Oder unsere Systeme unbrauchbar machen.«

»Er ist so schlau geworden…« Paul klingt fast melancholisch. »Aber wir müssen ihn leider vernichten. Er ist zu mächtig.«

»Sylvester, komm mal her.« Andrea macht mit ihrer Hand eine auffordernde Bewegung und zeigt auf mehrere der Schubladen. »Könntest du die bitte in dieser Reihenfolge umschalten.«

Er geht zu den gezeigten Stellen. Erst jetzt fallen ihm kleine Schalter auf, die entweder Rot oder Grün anzeigen. Im Moment stehen diese noch auf Rot. Er legt sie der Reihe nach um. Seine Eltern tippen im Hintergrund hastig auf ihren Tastaturen herum.

»Hallo, ich bin's!«

Alle sehen sofort erschrocken auf und drehen sich zum Gang. Dort steht Chester. Sie sind froh, ihn wieder dabei zu haben und begrüßen ihn herzlich. Er kommt mit in den Raum. Sylvester und Aurora klären Chester, Andrea und Paul über die Situation mit der wachen Frau auf und erzählen von ihrem Gespräch mit VARIS.

Einige Minuten später meldet Marx, die unbekannte Person hätte das Gelände betreten, er könne sie jetzt aber nicht genauer orten.

Die drei positionieren sich um die McKinnons und warten angespannt, während diese weiter an der Löschung von VARIS arbeiten.

Plötzlich kommt aus dem Gang ein blendendes Licht. Keiner im Raum kann hinter der Lichtquelle etwas erkennen.

Der erste Schuss von Chester trifft anscheinend nicht.

Die Antwort der Angreiferin jedoch tut es. Chester fällt regungslos um.

Mehrere Schüsse folgen. Das Licht, allem Anschein nach eine Taschenlampe, fällt zu Boden und bewegt sich ebenfalls nicht mehr. Die unbekannte Frau ist tot.

Der tödliche Schuss stammt aus Auroras Waffe. Sie ist erstarrt und lässt die Pistole fallen.

»Aurora, du musst das nie wieder tun!« Sylvester möchte seine Freundin beruhigen. »Wir haben uns nur verteidigt.« Er versteht die Lage nicht.

Auch Aurora fällt zu Boden. Erst jetzt wird es Sylvester klar. Die Auftragsmörderin hat ein zweites Mal getroffen. Er eilt zu ihr. Blut färbt den Stoff über ihrer linken Brust. Sie möchte noch etwas sagen, doch die Schmerzen schicken sie in das schwarze Meer der Bewusstlosigkeit.

»Nein, nein, nein.« Sylvester schiebt eine Hand hinter ihren Kopf und drückt mit der anderen auf die Wunde. »Bleib wach!«

NEUN

Es ist das eingetreten, vor dem Sylvester immer Angst hatte. Die eine Person zu verlieren, die er über alles liebt. Er würde alles tun, um ihr Leben zu retten. Sein klarer Verstand bekommt Risse und zerschellt wie Glas in Abermillionen kleiner, scharfer Teile. Wie tausend Messer stechen sie auf ihn ein und schneiden ihm ins Herz. In ihm gerät alles aus den Fugen. Auroras Blut auf seiner Hand wirkt plötzlich surreal, er kann es nicht fassen. Während in seinem Kopf alle Gedanken zusammenfallen, denkt er, es wäre ein Traum, oder nur eine Simulation. Doch das ist es nicht. Die einzige Person, die er liebt - leblos vor ihm. Hätte er ihr früher seine Liebe gestehen sollen? Sie hätten mehr Zeit gemeinsam gehabt. Ein schreckliches Gefühl, ihr die ganzen Dinge nicht sagen zu können, die er für sie empfindet. Jetzt ist es zu spät. Selbst wenn er sie anschreien würde, sie würde es nicht hören. Er ist so gut darin geworden, seine Gefühle zu verstecken, dass Aurora wohl nur selten den wahren Sylvester zu Gesicht bekommen hat. Eine seiner Tränen tropft auf die Wunde, aus der weiter Blut strömt.

Hilflos schaut er zu Chesters Leiche und dann zu seinen Eltern. Die wissen ihm jedoch auch nicht zu helfen. Sylvester kann seine Freundin nicht aufgeben.

Aus den Scherben seines Verstandes erhebt sich eine rettende Idee. »Der Multi-Doc!«

Andrea und Paul sehen ihn an. Sie kennen die Technologie. Sie war noch unreif, als sie damals im Bunker gelebt haben.

Sylvester spürt ihre Blicke. »Keine Sorge, Marx hat ihn perfektioniert.«

»Dann geh! Wir schaffen das hier auch allein.«

Sylvester legt Auroras Arm um seinen Hals und hebt sie an. Er rennt mit der Bewusstlosen vor der Brust den Geheimgang hoch. Die Öffnung in der Fassade ist gerade groß genug für die beiden. Behutsam legt er Aurora auf den Beifahrersitz. Aus dem Handschuhfach holt er eine gekühlte Spritze. Er sieht sie sich kurz an und überlegt, ob er das Experiment wagen soll. Setzt er sie ein, ist die Chance, dass Aurora überlebt, größer. Funktioniert sie jedoch nicht wie geplant, kann die Spritze der mit dem Leben ringenden Aurora die letzte

Lebensenergie rauben. Wenn er jetzt aber gar nichts macht, wird sie mit hoher Wahrscheinlichkeit sterben, bevor sie den Multi-Doc erreichen. Also nimmt er die Kappe ab und rammt Aurora die Spritze in ihre Wunde. Sie spürt es nicht - er schon. Was, wenn er sie gerade umgebracht hat?

Sylvester zieht die Spritze wieder heraus. Der grünliche Inhalt hat sich in der Wunde und dem umliegenden Gewebe ausgebreitet. Zumindest ist die Blutung gestoppt.

Er sieht Aurora an und küsst sie. Ihre Lippen sind noch warm. Ihre Atmung schwach, aber vorhanden. Gute Zeichen.

Mit allem was das Auto hergibt, rast er dem Bunker entgegen. Unterwegs ruft er Auroras Großeltern an und teilt ihnen mit, was passiert ist.

Sylvester geht mit Aurora in den Armen auf das Attrappe-Haus zu. »Marx, öffne alle Türen und baue einen Multi-Doc im Speisesaal auf. Da ist genug Platz.«

»Aber …«

»Mach schon!«

Die Verandatür öffnet sich. Er ist flott. Für ihn zählt jede Sekunde.

Das Bücherregal ist bereits offen. Marx schließt die Türen hinter ihm sofort wieder.

Als er durch die Bunkertür schreitet, bittet er Marx, die Dekontamination auszulassen. Die Sicherheitsregeln lassen dies zwar nicht zu, die

Dauer lässt sich aber auf wenige Sekunden reduzieren.

Sylvester biegt auf dem Flur mit dem Terminal in Richtung Speisesaal ab. Wenige Meter im Raum steht der Multi-Doc, wo vorher Tische und Bänke standen. Eine Liege, die einem massiven Block gleicht, über der sich an der Decke ein Werkzeugmagazin und einige eingefahrene Roboterarme befinden. Das Gerät kann alle erdenklichen Untersuchungen und Eingriffe durchführen - vollkommen selbstständig.

Die Liege ist bereits vorgewärmt. Sanft legt er Aurora ab.

An der Kante vor ihm ist ein Bedienfeld. Er tippt genau ein, was untersucht und behandelt werden soll. Der Multi-Doc beginnt.

»Ballistisches Projektil erkannt und lokalisiert.« Das Gerät erklärt den Befund. »Mehrere Knochen- und Organschäden. Muskelgewebe partiell durchtrennt. Minimalinvasiver Eingriff empfohlen. Kleidung und Schmuck bitte von Patientin entfernen.«

Sylvester zieht Aurora aus und bestätigt auf dem Bedienfeld. Die Roboterarme fahren aus und nähern sich der Wunde.

»Patientin sediert. Eingriff wird durchgeführt. Die Patientin bitte nicht mehr anfassen oder bewegen.« Die Gerätschaften beginnen zu arbeiten. Sylvester sieht bei jedem Schritt angespannt zu.

Einige Minuten später fährt einer der Arme aus der Wunde und hat die Kugel gefasst bekommen.

Die anderen bereiten die Wunde noch zur idealen Abheilung vor und fahren dann auch zurück in ihre Position an der Decke.

»Eingriff erfolgreich abgeschlossen. Patientin in den nächsten Stunden nicht bewegen, um starke innere Blutungen zu verhindern. Heilungschancen: gut. Zeitpunkt des Aufwachens: kann nicht berechnet werden. Auf dem Display finden sie jederzeit Anweisungen zur Wundversorgung. Ich übergebe an Sie, Pinkerton.«

Einige Funktionen des Multi-Docs fahren herunter. Die Wärme und das Bedienfeld bleiben jedoch an. Auch die Sensoren, die Aurora überwachen, bleiben in Betrieb. Eine Schublade öffnet sich. Darin liegt eine dünne Decke. Sylvester entfaltet sie und legt sie über Auroras Körper. Er greift nach ihrer Hand.

~

Zwei Wochen später.

In den Tagen nach Auroras Operation hat Sylvester den Bunker nicht verlassen. Er hat sich stets um alles gekümmert, während seine Freundin schlief und sich von dem Schuss erholte. Zwei ganze Tage hat sie geschlafen, bevor sie auf der beheizten Liege wieder aufwachte. Ihr Geliebter war natürlich dabei. Die Alpha-Gene zeigten ihre Wirkung. Die

Wunde war perfekt verheilt und sie hatte keine Schmerzen. Das Narbengewebe ersetzte sich in den folgenden Tagen schnell durch normales und die Wunde war nicht mehr zu sehen. Die Knochen würden bis zu alter Stärke jedoch trotzdem ein bisschen länger brauchen. Sylvester erzählte ihr alles, was seit dem Schusswechsel im Hauptrechenkern passiert war. Aurora kam schnell wieder auf die Beine und konnte mit Sylvester gebührend feiern.

Bereits drei Tage nachdem VARIS besiegt wurde, konnten Andrea und Paul die Bevölkerung mithilfe eines Programmes, das sie gemeinsam mit Marx geschrieben hatten, wieder aufwecken. Es wurden keine Ausnahmen gemacht. Jeder, der während des Komas nicht ertrunken oder anderweitig zu Tode gekommen war, ist wieder aufgewacht. Alle gleichzeitig, damit niemand auf dumme Gedanken kommt. Unruhen durch Einbrüche oder ähnliches galt es zu vermeiden.

Wie geplant übernahm Chester fürs Erste die Berichterstattung und Nachrichtensendungen. Da er es leider nicht mehr persönlich machen konnte, schlüpfte Marx in seine Rolle und verwendete sein Gesicht und seine Stimme. Ihre Taktik war klar, keine Geheimnisse. Jede Frage wurde beantwortet, kein Thema wurde unterschlagen. Nur Aurora und Sylvester wurden aus der Sache herausgehalten, so wie die Anemone und James.

Das Leben in Pangea ist währenddessen schnell wieder normal geworden. Es gibt viele, die geliebte Menschen verloren haben oder verstört sind, aber Ehrlichkeit und Mitgefühl durch Marx in allen Medien stärkten die Bevölkerung.

Alexis und Jack, die die Politik und das Rechtssystem besser kennen als jeder andere, fanden einen sicheren Weg aus der Situation.

Im Großen Saal findet heute die erste Regierungssitzung nach der Pause statt. Es wirkt, als wäre die ganze Stadt anwesend. Noch nie war der Saal so voll. Die etwas über zweihundert Sitze für Politiker, die normalerweise je nach Thema der Diskussion anders belegt sind, reichen bei Weitem nicht aus. Diejenigen, die keinen Platz bekommen haben, stehen in den Reihen dazwischen. Weiter hinten in der Halle sieht es ähnlich aus. Dort befinden sich über 1000 weitere Sitze, die jeder besuchen darf, der will. Die Regeln des Großen Saals legen fest, dass es keine Verhandlung oder Diskussion geben darf, von der die Öffentlichkeit ausgeschlossen ist. Wenngleich die anwesenden Bürger nicht teilnehmen oder ihre Meinung einbringen können, schafft diese Regel eine hohe Transparenz. Doch auch diese öffentlichen Plätze sind völlig überfüllt. Auch hier stapeln sich die Leute und sitzen oder stehen, wo auch immer sie noch eine Stelle gefunden haben.

Auf der Seite des Saals, die die versammelte Menschenmasse nun geduldig ansieht, befindet sich mittig ein hohes Rednerpult. Links und rechts davon sitzen noch einige menschliche Protokollanten und Anwälte, die die Rechtmäßigkeit aller Anträge prüfen. Ein Bediensteter geht hinter ihnen entlang und tritt hinter das Pult. Er verkündet die Uhrzeit und eröffnet die Sitzung. Als erste Rednerin kündigt er Doktorin Alexis Kollens an. Er verschwindet wieder.

Alexis betritt den Saal, in dem früher viele politische Schlachten ausgetragen wurden, und legt ein paar Notizen auf das Pult. Sie geht kurz in sich, bevor sie anfängt.

»Guten Morgen!«

Ihre Stimme hallt durch den Raum. Niemand macht auch nur das kleinste Geräusch. Man könnte eine Stecknadel fallen hören. Die Zuhörer scheinen großen Respekt vor Dr. Kollens zu haben.

»Ihren verwirrten Blicken und der Stille im Raum entnehme ich, dass Sie alle sich noch gut an die Zeiten erinnern, in denen ich hier gearbeitet habe.«

Zustimmendes Schweigen.

»Das Koma, dem die ganze Bevölkerung zum Opfer gefallen ist, zeigt, wie stark Corevisk inzwischen in der Regierung geworden ist. Einige Stimmen sagen sogar, dass Corevisk die Regierung schon lange unterwandert hat und nun die volle Kontrolle über Pangea hat.«

Den Politikern scheint der erste Punkt der Tagesordnung gar nicht zu gefallen. Den normalen

Leuten weiter hinten umso mehr. Viele von ihnen nicken.

»In der Vergangenheit haben Sie es immer geschafft, diese Vorwürfe abzuwenden und zu entkräften. Heute sehen wir jedoch deutlich, wo Corevisk in unseren Reihen sitzt. Für die heutige Sitzung sind viele Anträge eingegangen. Insgesamt 73. Kein einziger davon richtet sich gegen Corevisk. Aus welchen Gründen Sie das nicht tun, ist belanglos. Aber in meinen Augen, und in denen der Bevölkerung, haben Sie damit ihre Arbeit verfehlt.«

Unter den Politikern schlägt der Respekt in Kampfbereitschaft um. Sie wurden entlarvt und stehen nun mit dem Rücken zur Wand.

»Nach den jüngsten Ereignissen muss es Veränderungen geben. Wie durch die Aufklärung in den letzten Tagen mit Sicherheit schon bekannt ist, sind mein Mann und ich früher aufgewacht als der Rest der Menschheit. Wir haben an einigen Anträgen gearbeitet und diese auch noch während des Komas eingereicht. Mit der ersten Abstimmung möchte ich direkt beginnen. Der Antrag lautet: Entlassung aller Politiker außer Alexis Kollens und Jack Kollens.«

Einer der Anwälte steht auf und flüstert Alexis zu, dass es jemanden gibt, der etwas sagen möchte. Alexis stimmt zu. Einer der Politiker steht auf und meldet sich zu Wort. »Frau Doktor Kollens, ich denke ich handle im Interesse aller Anwesenden, wenn ich darum bitte, diesen Blödsinn zu überspringen.«

Die Menge der Politiker klatscht. Der Anwalt schüttelt jedoch den Kopf und erklärt, der Antrag sei rechtens und die Abstimmung müsse durchgeführt werden.

Nur eine Minute später steht das Ergebnis fest. Wie erwartet haben nur Alexis und Jack dafür gestimmt, alle anderen dagegen.

Der Politiker von eben bittet noch einmal sprechen zu dürfen. Alexis lässt ihn. »Da Ihre anderen Anträge ähnlich aussehen, bitten wir Sie darum, Ihre Rede zu beenden und dem nächsten Redner das Pult zu übergeben.«

»Nein, das werde ich nicht tun.« Alexis bleibt ruhig aber bestimmt und lässt sich vom Ergebnis der Abstimmung nicht beirren.

Die Menge hinter den Politikern ist aufgebracht über das Ergebnis, aber vor allem über die Politiker selbst.

»Da uns klar war, dass Sie nicht gegen sich selbst stimmen würden, haben wir einen Präzedenzfall herausgesucht. Dieser erlaubt es, Stimmen von Politikern, die zum Zeitpunkt der Einreichung eines Antrags nicht handlungsfähig oder wach sind, nicht zählen zu lassen. Auf der Liste der anerkannten Politiker stehen fast dreihundert Namen. Da alle außer Jack Kollens und mir bewusstlos waren, als wir den Antrag eingereicht haben, werden ihre Stimmen für nichtig erklärt. Somit hat der Antrag eine Zustimmung von hundert Prozent erlangt und kann ohne weitere Verhandlung durchgesetzt werden.«

Die Bevölkerung applaudiert laut. Einige Politiker springen auf und schreien Alexis wütend an. Die Anwälte erheben sich und bringen die Menge zur Ruhe.

Der Präzedenzfall hätte ausgehebelt werden können, doch die Kollens haben die Anwälte auf ihrer Seite. Auch die sahen schon lange dabei zu, wie Corevisk im Geheimen die Politiker kauft und waren dagegen machtlos, da sie bisher nie etwas nachweisen konnten. Auch jetzt gibt es noch keinen richtigen Beweis, die Kollens haben die Situation aber geschickt genutzt und die Anwälte stehen ihnen nicht im Weg, da auch sie wieder neutrale Politik machen wollen.

»Hiermit entbinde ich alle zugelassenen Politiker bis auf Doktorin Alexis Kollens und Doktor Jack Kollens ihrer Pflichten. Sie dürfen bis zum Ende dieser Sitzung bleiben oder jetzt gehen, das überlasse ich Ihnen.« Sie sieht triumphierend zu Jack, der in der letzten Reihe der Politiker sitzt.

Aus dem hinteren Bereich des Saals kommen Zustimmung gegenüber den Kollens und Buhrufe für die Politiker. Nur wenige der frisch entlassenen Regierungsbeamten gehen.

»Ich komme zu unserem nächsten Antrag. Wir erklären Stromversorgung und Kommunikationstechnik zum Regierungsthema. Dafür gründen wir ein neues Energieministerium und vergeben gleich in der heutigen Sitzung den Spitzenposten. Die Abstimmung beginnt. Doktor Jack Kollens, stimmen sie meinem Antrag zu?«

Die Kollens haben die tausenden Augen nun ganz für sich allein. Sie flitzen zwischen den beiden Politikern hin und her, die sich gerade die gesamte Macht in diesem Haus angeeignet haben. Das hält jeder, der nicht von Corevisk bezahlt wurde, für eine gute Lösung. Viele sehen mit Ehrfurcht zu Alexis auf.

»Ja, ich stimme zu.« Ein langer Blickkontakt zu seiner Frau.

»Gut, der Antrag hat eine Zustimmung von hundert Prozent erhalten und muss nicht weiter diskutiert oder geprüft werden. Ich ernenne Ramona Vanhoff zur neuen Energieministerin.«

Das war natürlich abgesprochen. Ramona bekommt das Ministerium und ihr Mann leitet die Firma. So können sie als perfektes Team arbeiten, so wie Alexis und Jack.

Noch einige Stunden geht das so weiter. Alexis liest einen Antrag nach dem anderen vor und führt Abstimmungen durch. Jack, der den Inhalt natürlich genauestens kennt, stimmt jedes Mal ohne Fragen zu. Die abgesetzten Politiker können nichts tun, außer ihnen tatenlos dabei zuzusehen. Stück für Stück zerreißen die Kollens alles, was sie über Jahre für Corevisk aufgebaut haben. Währenddessen wächst die Zustimmung der beiden unter den Zuschauern immer weiter. Fast jeder Bürger sieht mittlerweile von überall zu. Alle Plattformen und Fernsehsender bringen Live-Übertragungen aus dem Großen Saal. Erneut steht Pangea fast still.

James ist nicht aufgetaucht. Keine Glückwünsche zum Sieg. Nicht mal ein Lebenszeichen. Sylvester und seine Eltern haben jeden Stein in Pangea umgedreht, um ihn zu finden. Doch ihre Suche blieb erfolglos. Er ist wie vom Erdboden verschluckt - oder zumindest nicht in Pangea.

Chester spukt immer wieder in Sylvesters Gedanken herum. Seine Leiche haben alle zusammen noch am Tag seines Todes im Wald hinter dem Chalet beerdigt. Mit ihm hat Sylvester seinen einzigen Freund verloren. Er hat seine Sicherheitsleute entlassen. Zu sehr haben sie ihn an Chester erinnert.

Aurora und Sylvester leben ihr Leben in der Öffentlichkeit fast wie vor dem Koma. Sie gehen normal zur Schule und verhalten sich, als hätten auch sie im Koma gelegen. Trotz dieser Heldentat müssen sie sich kontrollieren und dürfen nicht überheblich werden – Sylvester fällt das zwar schwer, aber von ihm sind die Menschen das auch gewohnt. Eines haben Auroras Großeltern jedoch besonders betont: Niemand darf auch nur vermuten, dass Aurora und Sylvester ein Geheimnis haben. Deshalb haben die beiden ihren Freunden erzählt, dass sie miteinander ausgehen. Auch wenn es eigentlich schon deutlich mehr ist – es ist ein schmaler Grat zwischen einem Geheimnis, das auffliegen könnte, und einer plötzlichen Beziehung, mit der nicht einmal Auroras Freundinnen gerechnet haben. So haben sie sich dazu entschieden, in der Öffentlichkeit so zu tun, als würden sie sich langsam immer näherkommen. Aurora hat großen Spaß daran gefunden, immer wieder mit ihren besten Freundinnen über die Dates mit Sylvester zu tratschen. Wenn sie dann aber allein mit ihm ist, können sie über alles sprechen und ihre Beziehung ausleben. Um so viel gemeinsame Zeit und Privatsphäre wie möglich zu haben, ist Aurora zu Sylvester in die Villa gezogen. Beide haben sich lange nicht so gut gefühlt wie jetzt.